PASSER NOËL EN ALASKA : MODE D'EMPLOI

De la même autrice, aux éditions Charleston :

La Maison d'hôtes (Retour à Cedar Cove - tome 1), 2020

Un printemps à la Villa Rose (Retour à Cedar Cove - tome 2), 2020

La Mélodie de l'été (Retour à Cedar Cove - tome 3), 2020

Le Bon côté de la vie (Retour à Cedar Cove - tome 4), 2021

De si beaux lendemains (Retour à Cedar Cove - tome 5), 2021

La Surprise de Noël, 2020

Tous les jours de la vie, 2019

Titre original : *Alaskan Holiday*

Publié précédemment sous le titre *Un mariage sous la neige.*

Traduction publiée avec l'accord de Ballantine Books, une marque de Random House, un département de Penguin Random House LLC.
Traduit de l'anglais (États-Unis) par Typhaine Ducellier

Édition française publiée par :

76, boulevard Pasteur
75015 Paris – France
www.editionscharleston.fr

ISBN : 978-2-36812-911-1

Maquette : Patrick Leleux PAO

LES LECTRICES ONT AIMÉ !

« Vous souhaitez une jolie romance pleine de tendresse et d'amour ? Vous avez choisi le bon livre ! J'ai vraiment passé un très bon moment en compagnie de Palmer et Josie. Le paysage décrit par l'autrice est fabuleux, enchanteur et sublime. Les personnages sont touchants et vrais. J'ai aimé ce roman absolument adorable et mignon. Parfaite pour la fin d'année, cette histoire vous donnera envie de vous terrer au fin fond de l'Alaska en compagnie d'un bon plaid et d'une tasse chaude. »

Colyne, de @the_secret_of_a_book

« C'est une jolie petite comédie romantique originale à savourer. J'ai lu ce roman d'une traite. Il est bien écrit et agréable à lire. C'est frais et ça fait du bien. »

Maryline, de @beautyblondetest

« Une romance de Noël comme je les aime ! Tout en douceur et remplie de sentiments. J'ai vraiment passé un super moment avec nos deux héros. On s'attache aux personnages à une vitesse folle, on ne veut pas les laisser partir. »

Mélody, de @ByMeliMelo

« Une romance de Noël ? Je suis toujours preneuse ! Une bonne lecture, toute douce, toute mignonne, comme on aime en lire en période hivernale. Une de celles où l'on ne réfléchit pas, où l'on ne demande pas la lune, mais juste de passer un bon moment de douceur et de convivialité. Et c'est ce que Debbie Macomber nous offre. »

Justine, de @Lireunepassion

Pour en savoir plus sur les Lectrices Charleston,
rendez-vous sur la page
www.editionscharleston.fr/lectrices-charleston

Debbie Macomber

PASSER NOËL EN ALASKA : MODE D'EMPLOI

Roman

Traduit de l'anglais
par Typhaine Ducellier

POCHE CHARLESTON

Octobre 2018

Chers amis,

L'Alaska a quelque chose de spécial, cela ne fait aucun doute. Ceux qui choisissent de vivre dans le quarante-neuvième État sont robustes. J'ai lu un jour qu'en Alaska, les hommes sont de vrais hommes et les femmes, de vraies femmes. On dit aussi que si vous êtes une femme célibataire en Alaska, vous avez toutes vos chances, mais vous n'aurez pas forcément de chance. Bon, assez plaisanté.

Après le succès de Starry Night, mon éditrice m'a demandé d'écrire une autre histoire qui se déroulerait en Alaska. Il ne m'a pas fallu longtemps pour avoir une idée d'intrigue se déroulant dans le Grand Nord. J'ai une affection particulière pour cette partie de l'Alaska. Il y a plusieurs années, Wayne et moi avons survolé le cercle arctique dans le cadre de recherches que j'effectuais pour une série de livres que j'ai écrits dans les années 1990. Nous avons atterri à Bettles et passé la journée dans cette petite ville arctique, afin que je fasse personnellement l'expérience de la vie dans la toundra. Ce voyage occupe une place à part dans nos cœurs.

J'espère que vous tomberez amoureux de Palmer et Josie. La vie de Josie est déjà toute tracée, et ses projets n'incluent pas de trouver l'amour, encore moins avec un habitant du Grand Nord. Elle a des ambitions, des rêves et des projets d'avenir, et une vie qui l'attend à Seattle. Palmer aussi a des projets, dont, entre autres, épouser Josie. Et puis, il y a Jack ! Il ne manquera pas de vous faire rire. Oups. J'ai tendance à m'emballer. Vous n'avez même pas encore commencé à tourner les pages. Mais ça ne va pas tarder. Asseyez-vous, détendez-vous et plongez-vous dans leur histoire. Et lorsque vous serez en train de lire, j'espère qu'arrivera un moment où vous fermerez les yeux et entendrez le bruit des aurores boréales.

Vous le savez, j'adore avoir des nouvelles de mes lecteurs. Vous pouvez me contacter via *Facebook, Instagram ou Twitter, ou encore sur mon site Internet, debbiemacomber.com. Si vous préférez, il est également possible de m'écrire à l'adresse suivante : P.O. Box 1458, Port Orchard, WA 98366.*

Très chaleureusement,

Debbie Macomber

CHAPITRE 1

Palmer

— Tu vas demander Josie en mariage, oui ou non ? demanda Alicia.

Je fermai les yeux. Mon cœur semblait vouloir s'échapper de ma poitrine, et je me sentais oppressé.

— Palmer, tu as entendu ce que je viens de te dire ?

— J'ai très bien entendu, oui.

Appeler ma sœur était une erreur. Alicia n'était pas du genre à garder ses opinions pour elle. Et, en tant que grande sœur au courant de mes sentiments pour Josie, elle comptait bien me les faire avouer à l'intéressée avant son départ.

— Alors réponds à ma question. Est-ce que tu vas dire à Josie que tu l'aimes ?

Ma sœur et moi avions grandi en Alaska, dans une petite ville au-dessus du cercle arctique. Nous avions reçu une éducation à domicile ; par conséquent, je n'avais pas été très exposé aux interactions sociales et aux expériences qu'en tirent la plupart des enfants. Je n'aurais changé mon enfance pour rien au monde, mais… je regrettais mon manque d'aptitudes dans certains domaines.

À entendre Alicia, il n'y avait rien de plus facile que de mettre son cœur à nu, même s'il y avait de grandes chances qu'il finisse broyé. Le problème, c'était que j'étais loin d'être ce que l'on pourrait qualifier de romantique, bien au contraire. Je laissais cela aux garçons des villes. Moi, j'étais un homme. Un homme d'Alaska. Les discours romantiques sophistiqués, ça me parlait autant qu'un café latte cannelle-potiron. Je devais bien avouer que j'étais complètement inapte quand il s'agissait de séduire une femme, et je ne serais jamais le genre de type qui récitait de la poésie. L'endroit où je vivais n'aidait pas : perdue au milieu d'une contrée sauvage, la ville de Ponder était à des kilomètres de ce que les gens appelaient la civilisation. Située au nord-est de Fairbanks et près de la région du Grand Nord de l'Alaska, Ponder comptait trois cents âmes pendant la haute saison, lorsque l'hôtel était ouvert. En période hivernale, la population se limitait à quelques hommes et femmes robustes et à une petite poignée de familles.

Pour la énième fois, Alicia me répéta que c'était maintenant ou jamais. J'aurais pu me passer de ce genre d'expressions consacrées, surtout avec l'estomac aussi noué que le cerveau. À la simple pensée d'avouer à Josie que je l'aimais et que je voulais qu'elle reste à Ponder, j'avais des sueurs froides. C'était encore pire que la grippe qui m'avait terrassé l'année précédente.

Même si l'hôtel attirait son lot de chasseurs et de pêcheurs pendant l'été, les femmes célibataires ne couraient pas les rues. Soit elles travaillaient à l'hôtel, soit je les croisais lors de mes rares passages à Fairbanks. La plupart des employées de l'hôtel étaient des étudiantes frivoles et immatures et ça ne m'intéressait pas.

L'arrivée de Josie Avery avait tout changé.

Âgée d'environ vingt-cinq ans, elle avait été engagée comme chef pour la saison, qui commençait en mai et s'achevait à la fin octobre. À la seconde où je l'avais vue, j'avais senti qu'elle était différente. Pour commencer, son téléphone portable n'était pas une extension de sa main. Lorsque je l'avais croisée la fois suivante, elle lisait un livre. Quand elle avait levé les yeux sur moi et qu'elle m'avait souri, je m'étais figé. Son regard pétillait et j'aurais pu me noyer dans la chaleur de ses prunelles. Les rayons du soleil filtrant à travers les arbres illuminaient son visage. Ses cheveux longs et sombres tombaient en cascade sur ses épaules. Elle portait un jean et des bottes. Je ne saurais pas vraiment comment expliquer ce qui s'était passé à cet instant précis. C'était comme si quelqu'un venait de me frapper. Avec une violence telle que j'avais vacillé et reculé d'un pas.

Il ne me fallut pas longtemps pour découvrir qu'elle était intelligente, sensible et qu'elle avait beaucoup d'humour. Et guère plus pour comprendre que c'était la bonne. J'étais à l'aise en sa compagnie. J'arrivais facilement à lui parler. Je n'avais jamais connu cela avant, pas même avec ma sœur.

Et pour être honnête, sa beauté ne gâchait rien. Josie était superbe, il était impossible de le nier.

Elle avait des yeux magnifiques et sa silhouette était parfaitement proportionnée. Et pour couronner le tout, elle excellait dans son travail : la nourriture servie à l'hôtel n'avait jamais été aussi délicieuse.

Jack Corcoran, le vieux schnock qui fournissait le restaurant de l'hôtel en gibier, avait commencé à y dîner tous les soirs, ou presque. Nous étions devenus amis au fil des années et il m'arrivait de me joindre à lui, ce qui n'avait jamais été dans mes habitudes avant l'arrivée de Josie. Jerry Brewster et sa femme Marianne, les propriétaires et gérants de l'hôtel du Caribou Lake Lodge, avaient rapidement deviné la raison de mes visites régulières et avaient pris soin d'aménager les horaires de Josie pour nous permettre de passer davantage de temps ensemble le soir. Ainsi, j'avais pu lui faire découvrir la beauté de Ponder et de la nature sauvage de l'Alaska. Je l'avais emmenée faire des randonnées et ramasser des myrtilles sauvages. Un jour, nous avions même trouvé suffisamment de canneberges pour faire préparer à Josie une sauce délicieuse pour accompagner de la viande d'élan. Récemment, nous nous étions allongés sous les étoiles pour regarder les aurores boréales illuminer le ciel. Leur majesté avait coupé le souffle de Josie. De mon côté, j'avais à peine remarqué la beauté du spectacle, incapable de la quitter des yeux.

Nous passions d'excellents moments ensemble. Comme lors du derby de pêche qui se déroulait chaque année à Ponder le jour de l'indépendance. Josie n'avait jamais pêché de sa vie avant cela et, pourtant, c'était elle qui avait attrapé le poisson gagnant. Ravi pour elle, je l'avais félicitée, mais modeste comme à son habitude, elle avait mis son succès sur le compte de la chance du débutant.

Ce que nous aimions par-dessus tout, c'étaient nos promenades du soir. Avec vingt-deux heures de luminosité pendant l'été, cela nous laissait pas mal de temps pour explorer la toundra après son service à l'hôtel.

Très vite, je pensai à quel point ce serait merveilleux si elle décidait de rester à Ponder avec moi. Je connaissais suffisamment de choses sur elle pour savoir que nous nous entendrions à merveille. C'était déjà le cas, d'ailleurs. Mon célibat commençait à me peser. On se sent très seul quand on reste confiné chez soi pendant l'hiver par moins quarante dehors. À l'approche de mon trentième anniversaire, il était temps, comme Alicia se plaisait à me le répéter, de penser à me marier et à fonder une famille.

Jack non plus n'avait pas envie que Josie s'en aille. Il vivait dans le coin depuis si longtemps qu'il faisait partie du paysage. En ouvrant un dictionnaire pour consulter la définition du mot « pain au levain », on avait de grandes chances de tomber sur une photo de Jack. Pas seulement à cause de son apparence, mais aussi parce qu'il était la légende qui se cachait derrière la pâte que tout Ponder utilisait pour fabriquer son pain maison à longueur d'année. En plus de fournir la viande de gibier, il faisait également office de guide de chasse pour l'hôtel. Il emmenait des groupes camper en pleine nature pour deux ou trois jours, permettant ainsi aux touristes de faire l'expérience de la véritable Alaska. Pendant son temps libre, il cherchait de l'or, même si, contrairement à ce qu'il espérait, il n'avait jamais fait fortune dans le domaine.

Josie avait voulu tenter sa chance, elle aussi. Nous avions passé une journée entière à en chercher, mais nous étions revenus bredouilles. Nous n'avions peut-être pas déniché la moindre pépite, mais de mon côté, j'avais le sentiment d'avoir trouvé en elle le plus grand des trésors.

Jerry Brewster était spécialisé dans la pêche sur le lac. Pendant l'été, on pouvait l'y trouver tous les jours. Il connaissait tous les coins où les poissons mordaient le plus. Le lac était un affluent de la rivière Copper. On y trouvait parmi les meilleurs saumons du monde. La région était donc renommée pour la pêche aussi bien que pour la chasse. Les gens raffolaient des conseils d'expert que Jerry et Jack avaient à offrir et ils n'hésitaient pas à payer le prix fort pour avoir le privilège d'en bénéficier. Pendant la saison de la chasse et de la pêche, les gens prenaient le ferry pour venir jusqu'ici. C'était la seule façon de se rendre à Ponder, à moins d'avoir les moyens de se déplacer en hydravion. Quand l'hiver s'annonçait, avant que le lac ne fût entièrement gelé, Jerry remisait le bateau, et ceux qui ne restaient pas pour l'hiver prenaient le dernier ferry qui quittait Ponder. Après cela, un avion de brousse monté sur des skis s'arrêtait de temps à autre, mais c'était tout.

Il n'y avait que quelques familles et quelques commerces dans les environs et pourtant, nous avions tout ce dont une petite ville perdue en pleine nature pouvait avoir besoin, y compris deux bars et deux églises. La ville trouvait son équilibre comme ça. J'adorais la tranquillité et le silence du coin et je m'étais construit une belle vie dans cette petite ville, au bord du lac Caribou.

— Tu écoutes, quand je te parle ? demanda Alicia.

— Hum...

— C'est bien ce que je pensais. Au cas où tu l'aurais oublié, Josie part pour Seattle à la première heure demain matin. Tu ne crois pas que tu as assez attendu ?

J'avais beau adorer ma sœur, je n'avais pas besoin qu'elle me rappelle que le temps était compté. Et elle ne m'aidait absolument pas en me mettant la pression.

— Je sais, marmonnai-je, sentant la tension monter en moi.

Je ne risquais pas d'avoir oublié quel jour on était. J'avais voulu demander quinze fois ou plus à Josie de m'épouser au cours des derniers jours, mais les mots ne sortaient jamais comme je l'aurais voulu. Et maintenant, j'allais devoir faire ça le dernier soir. Quasiment à la dernière minute.

Alicia avait raison sur un point : j'avais trop attendu. Je n'aurais pas dû reporter ma demande aussi longtemps, mais mon raisonnement tenait la route : j'avais peur, et j'avais de bonnes raisons pour cela. Josie avait des projets : un emploi l'attendait à Seattle. Ses amis et sa famille également. Même si je l'aimais et que je rêvais de l'épouser, je n'étais pas certain que cela suffise à la convaincre de rester. Alors j'avais repoussé le moment de faire ma demande. Mais à présent, je n'avais plus d'autre choix que de demander sa main ou la voir partir le lendemain.

Si j'avais autant attendu, c'était aussi pour une autre raison : si je lui avais demandé trop tôt et qu'elle avait refusé, il aurait été très gênant de continuer à se croiser. Alors j'avais patienté. Ça m'avait paru sensé sur le moment. Mais à présent, cela risquait de faire beaucoup en peu de temps. J'avais sans doute espéré qu'elle tombe follement amoureuse, au point de ne plus vouloir partir. Auquel cas, la convaincre n'aurait pas été bien compliqué.

— Tu comptes vraiment la laisser partir ? Sérieusement ? rabâcha ma sœur, interrompant mes pensées. Tu sais, Palmer, tu as beaucoup de choses à offrir à une femme. Et si ça se trouve, Josie trépigne en attendant que tu te décides à dire quelque chose.

— Si seulement.

— Lance-toi. Tu l'aimes, pas vrai ? Alors passe à l'action.

Passer à l'action. La bonne blague. Nous n'étions jamais allés plus loin que nous tenir la main et nous embrasser comme si l'apocalypse approchait. Ces baisers mettaient mon monde sens dessus dessous. Ils étaient passionnés. Brûlants. Et je voulais croire qu'elle les appréciait autant que moi. Je n'étais peut-être pas devin quand il s'agissait de la gent féminine, mais je voyais bien l'éclat dans les yeux de Josie lorsque nous étions ensemble. Et ses sourires… Un seul d'entre eux suffisait à me rendre heureux pour une semaine, voire plus. Elle m'en avait offert tout un tas au cours des six derniers mois. À l'exception des heures passées à travailler, nous étions devenus inséparables. J'étais fou amoureux et j'espérais que c'était réciproque et qu'elle aurait envie de rester.

Mais rien ne semblait l'indiquer. Lorsqu'elle avait dit que ma barbe lui chatouillait la bouche, j'avais offert de la raser, ce qui était un sacré sacrifice. Mais elle avait répondu que ce n'était pas nécessaire. Ce qui laissait supposer qu'elle n'envisageait pas de prolonger son séjour. Cela dit, le meilleur moyen de le savoir était de poser la question.

— On va aller se promener après le dîner, finis-je par dire à ma sœur. J'ai prévu de faire ma demande à ce moment-là.

Je sentis le nœud dans mon ventre se resserrer. Savoir que sa valise était déjà faite n'aidait pas. Depuis une semaine, toutes nos conversations portaient sur sa vie à Seattle. Elle semblait impatiente d'y retourner. Elle parlait sans cesse du job qui l'attendait là-bas. Une opportunité incroyable pour elle. Ces discussions n'avaient rien d'encourageant pour moi, au contraire. Chaque fois que Josie mentionnait Seattle, j'avais mal à l'estomac.

— Promets-moi de m'appeler ensuite.

— Peut-être.

Hors de question de faire une telle promesse. Si Josie refusait, je ne serais sans doute pas d'humeur à parler à quiconque, mon entêtée de sœur comprise.

Après avoir raccroché, je décidai que j'avais assez travaillé pour la journée. Le moment était venu de me poser et de réfléchir. Je forgeais des épées ainsi que d'autres armes. J'étais maître forgeron depuis mes seize ans, âge auquel j'étais devenu apprenti. Comme j'avais suivi un enseignement à domicile, j'aurais pu passer mes diplômes plus tôt. Mais l'université ne m'intéressait pas. J'avais besoin d'utiliser mes mains en plus de ma tête. Alors tous les jours ou presque, j'étais dans mon atelier, avec ma forge, mon marteau et mon enclume. J'avais la chance de gagner ma vie en faisant ce que j'aimais. Mes besoins étaient simples et j'avais acquis une certaine notoriété au fil du temps.

Dernièrement, j'avais travaillé sur la création d'une réplique d'une épée de la guerre de Sécession. Une commande importante, qui devait me rapporter davantage que tout ce que j'avais pu réaliser dans le passé.

Cette soirée était ma dernière chance avec Josie, je n'avais pas le droit à l'erreur. Comme j'avais perdu mes moyens à chaque tentative de lui avouer mes sentiments, je pensais que lui écrire était la meilleure solution. Le seul moyen de ne rien oublier d'important.

J'étais assis à la table de la cuisine avec mon chien, Hobo. Le husky dormait à mes pieds pendant que je rédigeais une liste. J'en étais à presque la moitié quand Jack, comme à son habitude, débarqua sans frapper.

Je levai le nez pour le regarder. Il avait la tête de quelqu'un dont le meilleur ami venait de mourir.

— Tout va bien ?

Jack s'installa sur une chaise en face de moi.

— Non. L'hôtel ferme.

— L'hôtel ferme tous les ans, Jack. Ce n'est pas un scoop.

Il secoua la tête.

— Mais... Josie s'en va. Et c'est la meilleure cuisinière qu'ils aient jamais eue.

Je n'avais jamais compris comment Jack parvenait à garder la ligne. Avec tout ce qu'il mangeait, il aurait pu rivaliser avec un grizzly.

— Elle prépare le meilleur élan Strogonoff au monde.

— C'est vrai.

Sauf que pour moi, perdre Josie signifiait bien plus que perdre une bonne cuisinière.

— Elle m'a préparé une tarte aux myrtilles en guise de cadeau d'adieu, avec les myrtilles qu'elle avait congelées. J'ai déjà tout mangé, et c'est une fois la tarte terminée que j'ai réalisé qu'il n'y en aurait plus d'autre.

C'était avec moi qu'elle avait ramassé ces myrtilles. Avant ça, jamais je n'aurais cru que cela pourrait m'intéresser ou me plaire de faire le tour du lac pour ramasser des baies. Mais j'étais prêt à tout ou presque pour passer du temps avec elle. J'avais Josie dans la peau et plus l'échéance approchait, plus son départ m'était insupportable. Ce qui rendait ma liste encore plus importante. J'avais intérêt à avoir des arguments.

— Elle va te manquer aussi, pas vrai ? me demanda Jack.

— Je suppose, oui.

Pas besoin d'entrer dans les détails.

— Tu sais que si tu l'épousais, elle vivrait ici toute l'année ? Elle pourrait cuisiner pour nous.

— Nous ?

Je n'aimais pas l'idée que Jack se croie autorisé à s'incruster pour manger dès que ça le chantait. Mais Jack était comme ça : les bonnes manières, il ne connaissait pas. Moi, en l'occurrence, je le connaissais bien, et il était capable de s'inviter tous les jours.

— Quoi ? répliqua Jack. Ça me semblerait normal que tu m'invites.

Je ricanai.

— Hors de question.

Mon refus sembla l'offenser.

— J'ai partagé mon rôti de wapiti avec toi, je te rappelle.

— Oui, et je n'ai vu nulle part qu'un rôti équivalait à une vie de repas gratuits.

— Tu oublies aussi ma pâte au levain. Une recette vieille de cent cinquante ans, ajouta Jack.

— Certes.

Je devais bien avouer que j'adorais sa pâte et que je m'en servais très souvent. Je mangeais des pancakes au levain presque chaque matin.

— Ça te tuerait de montrer un peu de reconnaissance ?

C'était probablement impoli de lever les yeux au ciel, mais je ne pus pas m'en empêcher.

— Inutile de se disputer, Jack. Il y a de fortes chances pour que Josie parte demain matin, en même temps que le reste des employés de l'hôtel.

Je détestais être aussi pessimiste, mais au rythme où ma liste progressait, je commençais à comprendre que je n'avais pas grand-chose à offrir pour la persuader de rester.

Une étincelle s'alluma dans le regard de Jack et il se redressa sur sa chaise, comme prêt à résoudre tous les problèmes du monde.

— Palmer, je ne plaisante pas. Tu devrais l'épouser.

Je ne le contredis pas. Pour autant, je n'avais pas la moindre intention de lui avouer que je comptais faire ma demande ce soir.

— Tu veux que je lui demande pour toi ? offrit-il avec enthousiasme, visiblement enchanté de son idée. Je la demanderais bien en mariage à ta place, mais c'est avec toi qu'elle a passé la plupart de ses soirées. Entendons-nous bien. Si j'étais toi, je lui mettrais la bague au doigt, et vite fait.

— Je vois…

— Non, mais je vais lui demander pour toi, pas de problème.

— Quoi ?

On marchait sur la tête.

— Écoute-moi bien, vieux, si quelqu'un doit poser la question ici, c'est moi. Je n'ai pas besoin que toi ou qui que ce soit fasse le boulot à ma place.

Ses épaules s'affaissèrent et il se ratatina de nouveau sur sa chaise, l'air abattu.

— De toute façon, je ferais sûrement tout rater. J'ai demandé une femme en mariage un jour, et les choses ne se sont pas vraiment passées comme je l'espérais.

— Ah bon ?

Il réveilla mon intérêt d'un seul coup. Peut-être que sa demande en mariage ratée pouvait me donner des indications sur les choses à ne *pas* faire.

— Oui. Tu aurais vu ça, j'étais plus nerveux qu'un castor sur la toundra. Elle n'a pas eu l'air intéressée le moins du monde par mon offre…

Il frotta sa barbe, pensif.

— J'ai sans doute dit un truc qui l'a vexée.

— Qu'est-ce qui s'est passé ?

Jack secoua la tête, comme pour faire sortir le souvenir de sa mémoire.

— Tu vas peut-être avoir du mal à le croire, mais j'étais plutôt beau garçon quand j'étais jeune. J'avais la trentaine à l'époque et je pensais que si je voulais fonder une famille, j'avais intérêt à me trouver quelqu'un et à me mettre au boulot.

J'étais bien placé pour le comprendre. Je me faisais les mêmes réflexions. Mais hors de question de l'avouer à Jack, à moins de vouloir mettre toute la ville au courant.

— Est-ce qu'elle t'a donné le motif de son refus ?

— À vrai dire, elle n'a pas dit grand-chose après, avoua-t-il d'un air triste et songeur à la fois.

— Oh.

— Ça ne me dérangeait même pas qu'elle ne sache pas cuisiner le gibier. J'étais carrément prêt à fermer les yeux sur un tas de ses défauts et je le lui ai dit. J'ai pensé qu'elle apprécierait ma générosité.

— Et qu'est-ce que ça a donné ?

Il passa de nouveau la main dans sa barbe.

— Elle l'a mal pris. Je n'ai jamais vraiment compris pourquoi. Ce n'était pas comme si les hommes faisaient la queue devant sa porte. J'aurais cru que ça lui ferait plaisir que je sois disposé à l'épouser.

— Elle était bonne cuisinière ?

— Moyenne. Elle n'a pas eu l'air d'apprécier que je le lui dise. Les femmes sont vraiment bizarres. J'aurais sûrement dû mentir sur ses talents en cuisine.

— Est-ce que tu lui as dit que tu la trouvais jolie ?

— Non. La vérité, c'était qu'elle ne cassait pas trois pattes à un canard. Mais ça ne m'embêtait pas plus que ça.

Je dus retenir un sourire.

— Tu ne lui as pas dit ça, si ?

— Bien sûr que non. Je ne suis pas idiot. Les femmes ont besoin de croire qu'elles sont la prunelle de nos yeux.

— Qu'est-ce que tu lui as dit d'autre ?

S'il avait su que je prenais des notes intérieurement…

Jack tapota ses lèvres du bout des doigts.

— C'était il y a vingt ans, alors je ne me rappelle plus très bien. Étant donné que le ratio hommes-femmes ne jouait pas en ma faveur dans un endroit comme celui-ci, je n'avais jamais espéré grand-chose. Je me souviens lui avoir dit qu'elle était ma meilleure option.

Effectivement, elle avait dû se sentir *extrêmement* flattée, la pauvre.

Jack secoua la tête.

— Je n'ai jamais compris pourquoi elle n'avait pas voulu m'épouser.

— Elle n'a rien dit du tout ?

— Tout ce que j'ai obtenu, c'est un NON retentissant. Apparemment, je m'étais fait des idées. Pourtant, j'aurais pu jurer qu'elle m'aimait bien.

— Tu as demandé d'autres femmes en mariage ensuite ?

— Non. Cette fois-là m'a suffi. Il y a des limites à ce que je peux encaisser et j'avais eu ma dose de refus.

Là-dessus, je ne pouvais pas le contredire. Personnellement, je me voyais mal épouser quelqu'un d'autre que Josie. Et si elle me disait non, je risquais fort de finir comme Jack : seul, à me demander ce que j'avais fait de mal.

C'était triste à dire, mais je m'imaginais très bien tout gâcher, exactement comme Jack à son époque. Plus j'y réfléchissais, plus je me rendais compte à quel point c'était important de dire à Josie ce qu'elle avait besoin d'entendre.

Dépité, Jack secoua la tête à nouveau dans un grand soupir.

— Au final, c'est sûrement mieux comme ça. Je pense que je ne suis pas fait pour me marier. On se ressemble beaucoup, toi et moi, tu sais.

Voilà qui était très encourageant.

Je repris ma liste et je sentis mon cœur se serrer dans ma poitrine. Quelque chose me disait qu'il faudrait une véritable intervention divine pour que Josie accepte de devenir ma femme.

CHAPITRE 2

Josie

Le Caribou Lake Lodge fermait pour l'hiver. Après six mois passés à Ponder, j'étais triste de partir. C'était la première fois que je passais autant de temps loin de ma mère et de la ville de Seattle, où j'étais née et où j'avais grandi. Tout quitter n'avait pas été facile, mais j'avais le sentiment d'avoir mis ce temps à profit. Auparavant, j'avais toujours vécu seule avec ma mère et la séparation m'avait donné des leçons précieuses, et j'espérais qu'elles me serviraient dans le cadre de mon premier vrai travail.

On m'avait offert la chance de ma vie : une place dans un nouveau restaurant de Seattle sous les ordres de Douglas Anton, un chef renommé. En tant que sous-chef, je travaillerais en étroite collaboration avec lui pour créer des menus, former de nouveaux employés et assurer le bon fonctionnement de la cuisine. Une opportunité pareille ne se présentait pas tous les jours. C'était un rêve qui devenait réalité. L'école de cuisine où j'avais fait mes études avait soutenu ma candidature, une marque de confiance qui dépassait mes plus folles attentes. Le seul inconvénient était les six mois qui séparaient l'ouverture du restaurant et l'obtention de mon diplôme. C'était pour cette raison que j'étais venue en Alaska. Non seulement cela me permettait de passer le temps, mais aussi de faire ce que j'aimais par-dessus tout : créer des recettes à base de produits locaux.

Mais désormais, le mois d'octobre touchait à sa fin et le moment était venu de rentrer chez moi pour commencer ma carrière. Les Brewster, le reste des employés et moi devions prendre le dernier ferry le lendemain matin, pour une longue traversée du lac qui nous ramènerait à un semblant de civilisation, avant de monter dans un petit avion à destination de Fairbanks, puis dans un autre direction Seattle.

J'étais étonnée de m'être aussi bien adaptée à l'Alaska et à son manque de commodités, compte tenu du fait que j'avais grandi dans une grande ville avec tout à portée de main. Ponder n'avait ni centre commercial, ni cinéma, ni Starbucks. L'arrivée d'Internet, qui ne remontait qu'à quelques années, avait changé la vie des habitants.

L'Alaska était une région magnifique. Regarder les aigles plonger dans le lac pour attraper des poissons était un de mes spectacles favoris. Jerry Brewster, le propriétaire de l'hôtel, me régalait d'histoires d'aigles sur le lac Caribou. Un jour, alors qu'il était en train de ramener un poisson qu'il venait de ferrer, un aigle était descendu en piqué pour s'en emparer. Et comme celui-ci était toujours accroché à la ligne, Jerry s'était retrouvé à se battre contre l'aigle pour ramener sa prise. Il avait fini par gagner, mais le prédateur avait laissé des traces de serres dans la chair du saumon.

Je n'avais jamais été membre d'une petite communauté comme celle-ci, mais je m'étais rapidement acclimatée à cette vie, qui contrastait avec celle que les gens menaient à Seattle ou dans les grandes villes en général. J'adorais que les gens trouvent toujours des excuses pour se réunir. Il y avait le Midnight Sun Festival, avec sa partie de base-ball à minuit (car oui, il faisait encore jour à minuit pendant l'été). Il y avait aussi le festival du jour de l'indépendance. Cette année, c'était Angie Wilkerson, une jeune maman, qui avait remporté le concours du meilleur chili. Je regrettais de ne pas avoir eu davantage de temps pour faire connaissance, car nous aurions pu être amies.

Jour après jour, je trouvais la région un peu plus belle. J'aurais pu regarder le ciel pendant des heures. À Seattle, je n'avais jamais pu contempler les étoiles comme ici. Chaque fois, j'étais ébahie par la quantité d'étoiles qui peuplaient le ciel d'un noir d'encre. On aurait dit de la poussière de diamant répandue dans les cieux.

Certes, j'avais passé ici le printemps, l'été et le début de l'automne, les saisons où la splendeur de l'Alaska sautait aux yeux. J'avais pu observer des élans et des caribous, j'avais même aperçu un ours flâner au milieu de la ville, comme s'il faisait du shopping. Dans ces moments-là, je me moquais de ne pas avoir vu la couleur d'un Starbucks ni d'une manucure depuis près de six mois. Je n'avais pas fait que survivre à l'expérience : contre toute attente, je m'étais réellement épanouie à Ponder. Si les deux premières semaines, je m'étais focalisée sur tout ce qui manquait à cette ville, j'avais vite apprécié toutes les choses qu'elle avait à offrir.

Et puis il y avait Palmer Saxon. J'avais le cœur lourd à l'idée de leur dire au revoir, à lui et à Hobo, son inséparable husky. Il aurait été tellement facile de tomber amoureuse de lui... J'allais avoir du mal à le chasser de mon cœur et de mon esprit. Je préférais ne pas y penser.

Palmer était le stéréotype de l'homme en Alaska. Indépendant.

Autosuffisant.

Entêté.

Robuste.

Et bien d'autres choses encore...

Il me suffisait d'imaginer Palmer hors de sa bulle, en costume-cravate, pour éclater de rire. Je n'arrivais à me le représenter qu'avec ses chemises à carreaux et ses jeans délavés. Nous étions devenus très proches pendant mon séjour ici. Nous n'avions jamais eu de rencard au sens traditionnel du terme, comme aller au cinéma ou dîner au restaurant. Mais nous avions passé presque tout notre temps libre ensemble et j'avais le sentiment de mieux le connaître que n'importe lequel de mes amis de Seattle.

Le quitter serait difficile, mais même si cela me brisait le cœur, il n'y avait pas d'avenir pour nous. Je me le répétais pour m'en convaincre. J'avais beau adorer l'Alaska, je ne me voyais pas y passer le restant de mes jours, et Palmer serait malheureux dans une grande ville. Rien que la circulation suffirait à le rendre fou.

Cela me faisait de la peine de l'admettre, mais il y avait peu de chances que je revienne un jour. Autant laisser s'éteindre cette relation, avant qu'un de nous deux eût des regrets. Cela me rendait triste et je savais qu'il me manquerait horriblement, mais j'étais suffisamment mature et pragmatique pour accepter la réalité de ma situation : partir était la seule option possible.

Palmer ne serait pas le seul à me manquer. Jack aussi. C'était un homme bien, gentil et doux. Et drôle, même s'il ne le faisait pas exprès. Pendant les six mois passés ici, il était devenu une sorte de père adoptif. Mon père était mort dans un accident de chantier alors que je n'avais que trois ans. Par conséquent, je n'avais aucun souvenir avec lui. Depuis, ma mère avait rarement fréquenté d'autres hommes et cela n'avait jamais débouché sur une relation sérieuse.

Comme Palmer, Jack correspondait à l'idée exacte que je me faisais d'un homme de cette région. Depuis que je travaillais à l'hôtel, je l'avais toujours vu avec la même chemise. Apparemment, il en avait acheté plusieurs identiques et il ne portait que ça. Il avait dû les avoir en promotion. Ou alors il se moquait de son apparence.

En revanche, s'il y avait bien une chose à laquelle il accordait de l'importance, c'était la nourriture. Il se répandait toujours en compliments sur mes plats. J'aurais pu lui servir des macaronis au fromage en boîte, il aurait sans doute assuré qu'il n'avait jamais rien goûté de meilleur. Il criait partout que je cuisinais comme un ange et qu'il n'avait jamais si bien mangé que depuis mon arrivée. J'étais certaine qu'il avait servi le même discours à tous les cuisiniers de l'hôtel, mais je devais avouer que ses compliments me faisaient plaisir. Quand Jack n'était pas en excursion avec des touristes ou occupé à chercher de l'or, il trouvait toujours une excuse pour traîner avec moi dans les cuisines. J'appréciais nos discussions. J'aimais parler de ma carrière, de mes rêves et de mes projets avec lui. Si mon père était encore en vie, j'aurais sûrement pu avoir avec lui les mêmes conversations que celles que j'avais eues avec Jack.

Mes valises étaient prêtes et tout était en ordre pour que je parte à six heures du matin. Tous les voyageurs avaient reçu la consigne de laisser leurs bagages dans le hall le soir avant d'aller dormir. Jack avait déjà sorti son bateau de l'eau et l'avait emmené de l'autre côté du lac pour en faire la révision avant de l'entreposer pour l'hiver. D'ici une semaine, deux tout au plus, le lac serait gelé. La plupart des résidents estivaux étaient déjà partis, et Ponder avait des allures de ville-fantôme. Seules quelques âmes robustes restaient pendant l'hiver. Palmer et Jack étaient de celles-là.

Je ne fus pas surprise d'entendre frapper à ma porte. Je m'attendais à voir Palmer et c'était bien lui. Comme nous en avions l'habitude, il avait attendu que j'aie terminé à la cuisine et que je sois retournée dans ma chambre pour passer me voir.

— Salut, dis-je en souriant.

En le voyant, j'eus du mal à masquer ma tristesse et mon appréhension à l'idée de le quitter. J'avais adoré toutes nos soirées ensemble, la moindre minute passée avec lui et Hobo. Je n'avais jamais eu de relation comme celle-ci et je ne m'étais jamais sentie aussi proche d'un homme. Je risquais de lui comparer mes futurs petits amis, et ils feraient pâle figure à côté de lui.

Il me posa la même question que tous les soirs :

— Ça te dirait d'aller marcher un peu ?

— Bien sûr. Hobo n'est pas là ?

Palmer secoua la tête. Ce n'était pas dans ses habitudes. Hobo suivait Palmer comme son ombre et il nous accompagnait toujours.

J'attrapai une veste et mis des chaussettes en laine épaisse en plus de mes bottes. Les températures étaient devenues plus fraîches le soir, mais comme c'était ma dernière soirée, je ne voulais pas refuser l'invitation de Palmer, en dépit de l'air glacé. Quelques flocons étaient tombés la veille et d'autres chutes de neige étaient prévues. À cette époque de l'année, cette partie de l'Alaska était normalement couverte de neige, et je savais que les traditionnelles pluies d'automne tombaient déjà sur Seattle.

— Il fait de plus en plus froid, commentai-je une fois dehors, de la buée sortant de ma bouche.

Je regardai le ciel, dans l'espoir de voir une dernière aurore boréale. C'était vraiment un spectacle incontournable : la beauté des traînées brillantes de violet et de vert qui se répandaient dans le ciel nocturne me coupait le souffle à chaque fois. Un de mes meilleurs souvenirs resterait la fois où j'étais allongée sur le dos, avec Palmer près de moi, ma main dans la sienne, pendant que nous regardions le ciel. Je ne m'étais jamais sentie aussi proche de quelqu'un.

— L'hiver arrive, répondit Palmer, les mains enfoncées dans les poches de son manteau.

Le matin même, Jerry avait mentionné que d'après l'*Almanach des Fermiers*, cet hiver serait l'un des plus froids jamais enregistrés. Le lac avait déjà commencé à geler.

Je glissai mon bras sous celui de Palmer pour ne pas trébucher sur une branche. Certes, c'était une fausse excuse. J'aimais être proche de lui et cette proximité était d'autant plus poignante que c'était notre dernière soirée ensemble.

Nous empruntâmes le même chemin que d'habitude. Mais Palmer restait étrangement silencieux.

— Josie ? finit-il par dire.

— Oui ?

Il lâcha mon bras et enfouit la main dans la poche de son jean pour en extraire un morceau de papier. Puis il pivota afin que la lumière de la lune éclaire la feuille.

— Tu es belle. Je veux que tu saches que quand je te regarde, tout ce que je vois, c'est de la beauté.

Voilà qui était aussi flatteur qu'inattendu.

— Merci, Palmer.

Il consulta de nouveau sa feuille.

— J'aime aussi le fait que tes dents soient blanches et bien alignées.

Mes dents ? Il aimait mes dents ?

— Ah bon ? Merci. J'ai porté un appareil dentaire pendant près de deux ans. Ma mère n'avait pas de quoi régler les factures de l'orthodontiste, alors elle s'est mise à faire des gâteaux qu'elle vendait pour réunir l'argent nécessaire. Elle a fait beaucoup de sacrifices pendant mon enfance.

— J'aime tes yeux bleus, aussi.

Je baissai la tête pour dissimuler un sourire.

— J'ai les yeux marron, Palmer.

— Vraiment ? J'aurais juré qu'ils étaient bleus.

— Pas à ma connaissance, non.

Il inspira si bruyamment qu'on aurait pu croire qu'il allait s'évanouir.

— Palmer, est-ce que ça va ?

Il s'agrippa à un tronc d'arbre, la tête baissée. Son comportement était vraiment étrange. Je commençai à m'inquiéter.

— Palmer, tu vas bien ?

— Oui, dit-il un peu brusquement, alors que j'étais sur le point de suggérer de retourner à l'hôtel. Je vais très bien.

Il releva la tête, l'air contrit.

— Je... je ne voulais pas t'agresser.

— Ça ne fait rien. Mais je détesterais qu'on se dispute pour notre dernière soirée.

Il s'écarta de l'arbre et nous reprîmes notre promenade.

— Ça arrive, tu sais, continuai-je.

— Comment ça, « ça arrive » ?

— Je t'ai déjà parlé de mon amie Jessie, n'est-ce pas ?

— Oui. Et ?

— Son mari est dans la marine, en poste sur un porte-avions. Parfois, il s'absente pendant huit mois d'affilée. Elle m'a raconté qu'avant chaque départ, ils avaient pris l'habitude de se disputer. Ils se réconcilient toujours ensuite, mais elle pense que de cette façon, c'est plus facile pour lui de partir et plus facile pour elle d'être sans lui.

— Ah oui ? C'est marrant.

Visiblement, Palmer n'avait pas la moindre idée de la raison pour laquelle je mentionnais Jessie. J'essayai donc d'être plus explicite.

— Je me disais juste que c'était peut-être ce que tu essayais de faire, inconsciemment. Te disputer avec moi pour que ce soit plus facile de nous séparer demain matin.

Au lieu de me répondre, il regarda de nouveau son papier, comme s'il ne m'avait pas entendue.

— Je n'ai jamais rencontré personne capable de cuisiner si bien que toi, tout en gardant la ligne.

J'eus envie de rire, mais il semblait tellement sérieux que je me retins.

— Merci, Palmer, mais tu sais ce qu'on dit : il ne faut jamais faire confiance à un cuisinier maigre.

— Mais je te fais confiance, Josie. Ne crois pas l'inverse, répondit-il avec le plus grand sérieux.

Je commençai à me demander quelle mouche l'avait piqué.

— Je sais bien, Palmer. C'était juste une blague.

— Tes cheveux sentent bon. Ils sentent la fraise et la vanille.

— C'est à cause de mon shampoing.

Il n'avait *vraiment* pas l'air en forme.

— Tu es sûr que tout va bien ? Je te trouve bizarre.

— Je vais bien. L'odeur d'une femme est importante pour un homme, tu sais ?

— Sans doute. L'odeur d'un homme est importante aussi, j'imagine.

— Je me lave tous les jours, s'empressa-t-il d'ajouter, comme si c'était d'une importance vitale.

— Euh… je n'en doute pas.

— Par contre, je ne porte pas d'eau de toilette. Ce n'est pas mon style. Ça ne te dérange pas, si ?

— Pas le moins du monde.

Jamais nous n'avions eu une conversation aussi étrange. Je tournai la tête vers lui. La lune éclairait son visage. Il était blanc comme un linge.

— Palmer, tu es malade ? On dirait que tu es sur le point de vomir.

Il s'adossa contre un tronc d'arbre et ferma les yeux.

— Je crois aussi.

Je m'approchai de lui et posai une main sur son épaule.

— Penche-toi en avant et inspire profondément.

Il s'exécuta. Ses épaules se soulevèrent sous le coup de l'effort.

— Laisse-moi te raccompagner chez toi. Est-ce que tu veux que j'aille te chercher un verre d'eau ?

— Ce que je veux, c'est en finir.

Décidément, je n'y comprenais rien. Je passai un bras autour de sa taille pour nous faire rebrousser chemin. Nous n'avions fait que quelques pas quand il s'arrêta brusquement. Il se tourna vers moi et m'attrapa fermement par les épaules.

— Je ne veux pas que tu t'en ailles, déclara-t-il avec des yeux suppliants.

— Ne t'en fais pas, je vais rester avec toi jusqu'à ce que tu ailles mieux.

— Non, Josie. Je ne veux pas que tu quittes Ponder.

— Comment ça ? L'hôtel ferme pour l'hiver.

Il le savait aussi bien que moi. L'hôtel fermait tous les ans, ce n'était pas un scoop.

— Mais tu peux rester.

— Non, je ne peux pas.

Il avait complètement perdu la tête. Comment pouvait-il suggérer une chose pareille ? Il savait que le job de mes rêves m'attendait à Seattle. Nous en avions discuté à de nombreuses reprises.

— Tu aimes l'Alaska, pas vrai ?

— L'adaptation a été difficile, mais oui. Les six derniers mois ont été une expérience formidable que je chérirai toujours.

Ses traits se détendirent.

— Dans ce cas, tu pourrais rester ! Les hivers sont rudes, mais après quelques années, on finit par s'habituer au froid. Et tu ne trouveras nulle part ailleurs la beauté qui règne ici pendant l'hiver.

— Je veux bien te croire.

— Alors tu restes ?

L'espoir et l'impatience se lisaient sur son visage.

— Palmer… L'hôtel ferme. Comment est-ce que j'occuperais mon temps ? J'ai besoin de travailler pour subvenir à mes besoins et j'ai une vie qui m'attend à Seattle. Ma mère est là-bas, mes amis, un travail. Tu sais tout ça. Je ne comprends pas ce que tu veux. Je ne comprends pas cette conversation, tout court.

Palmer ferma les yeux un instant avant de les reposer sur moi. Je ne l'avais jamais vu aussi sérieux.

— Tu pourrais cuisiner pour Jack et moi. J'y ai beaucoup réfléchi, crois-moi. Je sais bien que ce job est important pour toi et que rester au lac représenterait un énorme sacrifice, mais…

Il plongea son regard dans le mien avant de continuer :

— Je sais que jamais je ne réussirais à vivre dans une grande ville comme Seattle, autrement je déménagerais.

— Tu déménagerais à Seattle pour que je *cuisine* pour toi ?

J'étais douée en cuisine, mais qu'il mette toute sa vie sens dessus dessous simplement pour continuer à déguster mes petits plats… c'était totalement absurde.

Une expression déterminée apparut sur son visage.

— Bien sûr que oui. Un mari doit être avec sa femme.

— Sa FEMME ? manquai-je d'exploser. Tu es en train de me demander de t'*épouser* ?

Il hocha la tête, le regard aussi chaleureux que doux et sincère. Si j'avais pu imaginer que cette conversation tordue mènerait à ça…

Je saisissais enfin où Palmer voulait en venir. C'était donc *ça* qu'il essayait de me dire avec tous ses compliments tordus.

— Et donc ? Tu veux bien ?

— Tu veux m'*épouser* ? demandai-je à nouveau pour être certaine que je comprenais bien.

— Oui. J'ai sûrement tout gâché. Je suis désolé, Josie, je n'aurais jamais dû en parler avec Jack, ça m'a complètement embrouillé. J'essayais juste de trouver un moyen de te dire que ce ne sont pas juste ton physique et tes talents de cuisinière qui me plaisent. Je n'ai jamais été amoureux auparavant. C'est la première fois que ça m'arrive, c'est la première fois que je passe autant de temps avec une femme, et chaque moment avec toi me rend heureux. Je ne désire rien davantage que t'épouser. Ne me fais pas languir : dis-moi que tu acceptes et que tu vas vivre à Ponder avec moi.

— Palmer…

J'avais peur de fondre en larmes. Je m'accordai un moment pour reprendre le contrôle de mes émotions et trouver les mots. Je plaçai mes mains sur ses joues, caressai sa barbe et tentai de m'expliquer du mieux que je pouvais.

— Je suis très touchée par tout ce que tu viens de me dire, commençai-je d'une voix sur le point de se briser. Mais… c'est impossible. Je ne peux pas. Je suis vraiment désolée.

Abattu, il baissa la tête en soupirant.

— C'est bien ce que je craignais.

— Ma vie est à Seattle. Ma mère n'a que moi, je ne peux pas l'abandonner comme ça.

J'avais toujours été très proche d'elle. Mes amis avaient connu des périodes difficiles avec leurs parents, mais je pouvais honnêtement dire que ça n'avait jamais été mon cas. Ma mère était tout pour moi. Nous avions été en contact chaque jour depuis mon arrivée à Ponder. Enfin, presque. Elle avait semblé plus occupée que de coutume cet été-là, et il m'était arrivé de ne pas réussir à la joindre pendant deux ou trois jours d'affilée. Être loin de ma mère était ce que j'avais trouvé le plus dur en vivant en Alaska.

— Est-ce que je pourrais t'offrir quoi que ce soit qui t'inciterait à changer d'avis ?

Ma gorge me faisait tellement mal à force de retenir mes larmes que je décidai de secouer la tête en guise de réponse.

Le silence entre nous était insoutenable.

— Alors c'est un non définitif ?

Je ne m'étais jamais sentie aussi mal de toute ma vie.

— Je suis désolée.

Il hocha la tête, comme si mon refus ne le surprenait pas.

— Ne t'excuse pas, je t'en prie.

Et pourtant, je ne pouvais pas m'en empêcher. Je détestais le décevoir. Cela me faisait du mal de le rejeter. D'autant plus que je trouvais sa proposition tentante. Très tentante, même. Je mourais d'envie de lui dire à quel point j'aurais voulu que les choses soient différentes, mais cela n'aurait servi à rien. S'il avait vécu à Seattle, nous aurions peut-être eu une chance, mais jamais je ne lui aurais demandé de faire un tel sacrifice. Palmer était dans son élément, il faisait partie du paysage. Il aurait été malheureux en ville.

À ma grande surprise, Palmer me prit dans ses bras et me serra contre lui. J'aurais voulu qu'il m'embrasse, mais il ne le fit pas. Je l'entendis prendre une profonde inspiration avant de poser délicatement les mains sur mes épaules.

— Sois heureuse, Josie.

Puis il tourna les talons et se dirigea vers son chalet sans se retourner.

Je sentis mon cœur se briser en le regardant s'éloigner. Une partie de moi voulait lui crier que j'acceptais, mais c'était impossible. La vie et la carrière dont je rêvais étaient à Seattle, pas à Ponder.

J'aurais été incapable de dire combien de temps j'étais restée immobile, dans le noir. Je finis par rentrer à l'hôtel. Jerry et Marianne Brewster étaient tous deux installés devant l'immense cheminée en pierre qui dominait le hall. Les derniers clients étaient partis la veille.

Quand j'arrivai, ils me regardèrent d'un air impatient. Comme s'ils avaient attendu mon retour et que j'avais quelque chose à leur annoncer.

Jack était là, lui aussi. En me voyant, il se leva et me dévisagea, tout excité.

— Alors ? Tu vas épouser Palmer ou pas ?

Je restai figée sur place. Apparemment, tout le monde savait que Palmer allait faire sa demande ce soir. Enfin, tout le monde sauf moi.

Je secouai la tête tristement. Des larmes roulèrent sur mes joues.

— Il aurait dû me laisser faire, dit Jack dans mon dos alors que je me dirigeai précipitamment vers ma chambre.

— Josie, n'oublie pas de mettre tes bagages dans l'entrée avant d'aller au lit, lança Jerry.

CHAPITRE 3

Josie

Je me réveillai, enveloppée par l'obscurité de ma chambre et la chaleur confortable de ma couette. J'étirai les bras au-dessus de ma tête dans un bâillement, surprise de ne pas avoir été tirée du sommeil par mon réveil. J'avais passé une très mauvaise nuit : je m'étais longuement retournée dans mon lit, avant d'enfin parvenir à trouver le sommeil.

La dernière fois que j'avais regardé l'heure, il était près de trois heures du matin et il ne me restait que deux heures et demie avant de me lever. J'avais le tournis après la demande en mariage de Palmer et je ne parvenais pas à me détendre. Alors je m'étais relevée pour prendre un cachet pour dormir.

Quelle surprise d'avoir réussi à fermer l'œil ! Je roulai sur le côté, je regardai le réveil sur ma table de nuit et je me figeai.

J'écarquillai les yeux.

8 h 30.

Mes yeux me jouaient des tours. Il était impossible qu'il en fût autrement.

Le ferry avait quitté Ponder à six heures du matin. Je fis voler les couvertures, sautai à bas du lit et ouvris en grand la porte de ma chambre en criant :

— Marianne !

Seul l'écho de ma voix me répondit. Le couloir était vide. Un silence sinistre régnait dans l'hôtel. Ils ne *pouvaient pas* être partis sans moi. Marianne et Jerry ne m'auraient pas fait ça. Ils savaient que je devais regagner Seattle pour commencer mon nouveau travail.

Je me précipitai dans la cuisine, certaine de les trouver en train de boire un café entre deux plaisanteries sur ma panne d'oreiller. Même si les Brewster étaient partis, *quelqu'un* devait encore traîner dans les parages. N'importe qui.

Mais la cuisine était sombre, froide, et pire encore… vide.

Mon cœur battait la chamade dans ma poitrine quand je retournai dans ma chambre. Près de mes valises se trouvait la tenue de voyage que j'avais prévu de porter. Je l'avais posée là avant de régler consciencieusement mon réveil.

Mais peut-être avais-je oublié de le mettre ? Non, bien sûr que non. Jamais je n'aurais omis une chose pareille. Je me rappelais l'avoir fait. J'attrapai néanmoins mon portable pour vérifier… et je compris aussitôt mon erreur. J'avais mis mon réveil, ça oui. À 5 h 30 de l'après-midi au lieu de 5 h 30 du matin.

Je maudis le sort, puis m'empressai d'enfiler mon jean et mon pull avant de parcourir tout l'hôtel au pas de course, la gorge nouée, à la recherche de…

Je ne savais pas ce que je cherchais. Un signe quelconque qu'on ne m'avait pas abandonnée.

Il me fallut plusieurs minutes avant de trouver le mot que Marianne m'avait laissé.

Josie,
J'ai frappé plusieurs fois à ta porte, mais tu n'as jamais répondu. Comme tu n'avais pas laissé tes valises dans le hall, j'ai supposé que tu avais changé d'avis concernant la proposition de Palmer et finalement décidé de rester à Ponder.
Félicitations, du fond de notre cœur ! Jerry et moi vous souhaitons tout le bonheur du monde. Tu peux compter sur nous pour la saison prochaine, nous serions enchantés que tu travailles à nouveau pour nous.
Marianne.

Elle avait vraiment cru que j'avais décidé de tirer un trait sur la chance de ma vie ? À la possibilité de travailler avec le chef de mes rêves ? Que j'avais choisi de rester pour épouser Palmer ?

Elle était cinglée ou quoi ?

Même si j'étais très attirée par Palmer, l'épouser était hors de question. J'avais passé la moitié de la nuit à essayer d'imaginer un moyen de faire fonctionner notre relation et je n'en avais trouvé aucun. Ensuite, le cachet avait fait effet et je n'avais jamais entendu Marianne frapper à ma porte.

Un sanglot monta dans ma gorge. On m'avait laissée ici. On m'avait abandonnée.

Le ferry qui était parti ce matin-là était le dernier avant le printemps prochain. Le dernier à traverser le lac Caribou avant les gelées d'hiver.

La panique s'empara de moi. J'attrapai ma veste et sortis de l'hôtel en courant vers le dock, dans l'espoir qu'il ne fut pas trop tard. Le bruit de mes pas résonnait dans la quiétude du matin, tandis que le soleil se levait à l'horizon. Quand j'atteignis le rivage, mon cœur cognait furieusement dans ma poitrine. Je me penchai en avant pour scruter la surface, les mains sur les genoux. Il n'y avait pas la moindre ondulation, signe que le bateau avait largué les amarres depuis longtemps. Et en plus de la glace qui avait déjà commencé à se former, désormais il neigeait.

À court d'idées, je retournai dans ma chambre. Je m'affalai sur mon lit, luttant pour ne pas pleurer, et je passai en revue mes options et elles étaient incroyablement limitées.

C'était la faute de Palmer. Bien décidée à tout lui mettre sur le dos, je me précipitai jusqu'à son chalet pour confronter le responsable de ce fiasco. Son atelier était adjacent à sa maison. J'entrai sans frapper. De toute façon, il ne m'aurait pas entendue au milieu du bruit infernal qui y régnait. Dans un coin de la pièce, installé dans son panier, Hobo releva la tête en me voyant débarquer, puis la reposa sur ses pattes avant, comme s'il s'attendait à ma venue.

Palmer était en train de marteler une lame en acier incandescente qui ressemblait à une longue épée de guerrier japonais. C'était la première fois que je rencontrais un forgeron et son travail me fascinait. J'avais passé beaucoup de temps dans son atelier et beaucoup appris sur son métier. C'était un véritable artiste. Il adorait ce qu'il faisait et, à en croire les Brewster, c'était un des meilleurs forgerons du pays.

Des gens du monde entier lui passaient commande. Comme Palmer était passionné par son art, j'avais toujours eu le sentiment qu'il comprendrait mieux que quiconque pourquoi travailler avec Anton me tenait autant à cœur. Il existait forcément un moyen de regagner Seattle.

Je m'arrêtai sur le seuil pour reprendre mon souffle. Palmer portait une chemise de travail et même avec les manches baissées, on devinait aisément les muscles de ses bras. Il lui fallut une bonne minute pour remarquer ma présence. Il se figea, son marteau en suspens au-dessus de sa tête. Il commença par me dévisager, avant de poser son marteau et de retirer son masque de protection. Un sourire se dessina lentement sur ses lèvres et ses traits s'illuminèrent.

— Tu es restée.

Sa voix trahissait une certaine incrédulité.

— Non, je ne suis pas *restée*, le corrigeai-je sèchement.

Palmer cligna des yeux sans comprendre.

— Pas intentionnellement, je veux dire.

— Tu n'as pas changé d'avis concernant ma demande, alors ? s'étonna-t-il.

— Non ! Je ne me suis pas réveillée et j'ai raté le bateau et tout est ta faute, lui assénai-je, en luttant contre une nouvelle envie de pleurer.

— Ma faute ?

— Il a fallu que tu gâches tout avec ta demande en mariage. Tu savais très bien que mon cœur dirait oui, mais que ma tête dirait non et maintenant… maintenant, il faut que tu m'aides à retourner à Seattle.

C'était la moindre des choses.

Il continua à me fixer comme si j'avais perdu l'esprit.

— En quoi est-ce ma faute si tu as raté le ferry ?

— Tu m'as demandée en mariage… et je n'ai pas réussi à dormir… alors j'ai pris un cachet… et je n'ai rien entendu. Le mot de Marianne dit qu'elle a frappé à ma porte… mais je ne me suis pas réveillée.

Il continua à m'examiner en silence. Comme s'il attendait la suite de mes explications.

— Tu n'as rien à dire ?

Il pencha la tête sur le côté, perplexe.

— Tes cheveux sont toujours comme ça, le matin ?

Je n'avais pas pris le temps de me peigner et je ressemblais sûrement à un épouvantail. Mais ce n'était vraiment pas le moment de s'attarder sur ma coiffure. À croire qu'il avait un don pour dire les mauvaises choses au mauvais moment.

— Tu ne trouves vraiment rien de mieux à me dire, Palmer Saxon ? Ma vie est à Seattle et il faut que tu trouves un moyen de me faire sortir de ce trou paumé !

— Je ne vois pas trop ce que je pourrais faire pour t'aider.

Incapable de me contrôler, j'explosai :

— Il faut que je retourne à Seattle !

Il était la seule personne que je connaissais, en mesure de m'aider. Le restaurant ouvrait dans deux semaines et je devais arriver avant pour tout organiser avant l'inauguration. Mon avenir, ma vie étaient en jeu.

— J'aimerais pouvoir t'aider, Josie, sincèrement. Mais le ferry est parti et c'était le dernier de la saison.

Je n'en croyais pas mes oreilles.

— Est-ce que tu es en train de me dire que tu refuses de m'aider ?

— Non. Je suis en train de te dire que je n'ai pas la moindre idée de ce que je peux faire.

Il rabaissa son masque et se saisit de ses pinces pour remettre sa lame sur le feu.

Une colère sourde s'empara de moi.

— C'est exactement ce que tu voulais, pas vrai ? C'est le rêve, pour toi. Tu es ravi que je sois coincée à Ponder, admets-le.

Il haussa de nouveau les épaules, comme s'il refusait de le reconnaître.

— Je ne peux pas dire que ça me contrarie. Je préférerais que tu sois contente, mais j'imagine que c'est juste une question de temps.

— C'est une question de rien du tout ! Ne t'inquiète pas pour moi, Palmer. Je vais me débrouiller toute seule.

Ma rage augmentait à chaque instant. Ma carrière était en jeu, mais il était trop occupé à se réjouir de mon malheur pour s'en apercevoir. Les poings serrés, je tournai les talons et repartis vers l'hôtel, bien décidée à trouver une solution pour rentrer chez moi.

Alors que je n'avais fait que quelques pas, je tombai sur Jack. Un grand sourire, capable de rivaliser avec les aurores boréales, éclaira ses traits.

— Tu as décidé de l'épouser, finalement. Je savais que tu changerais d'avis.

J'étais sur le point de lui expliquer la situation, mais il ne m'en laissa pas le temps.

— Qu'est-ce que tu comptes préparer pour le dîner ?

— Rien. Du. Tout.

J'avais mieux à faire. Prévoir un menu pour la semaine était le dernier de mes soucis.

— Tu as besoin d'un peu de repos, bien sûr. Je comprends. Ça ne va pas être facile, mais je me débrouillerai.

Une étincelle se fit dans ses yeux, comme s'il venait d'avoir une idée de génie.

— Si tu ne veux pas cuisiner ce soir, qu'est-ce que tu dirais d'improviser un petit quelque chose avec moi pour le déjeuner ? Sans chichis. Une soupe, quelques sandwichs et des cookies maison feront très bien l'affaire.

— Écoute-moi bien, Jack, commençai-je entre mes dents serrées. Je ne vais pas cuisiner parce que je compte bien m'en aller dès que j'aurai trouvé un moyen de partir d'ici.

Il arbora la même expression que Palmer.

— Le ferry est déjà parti, fit-il remarquer.

Comme si je n'étais pas déjà au courant.

— Je sais. J'ai eu une panne d'oreiller. Et maintenant, je dois trouver une solution pour rentrer à Seattle, coûte que coûte.

— Oh.

Jamais un mot aussi court n'avait été aussi lourd de sens. Ses épaules s'affaissèrent, comme sous le poids de la défaite et de la tristesse. L'espace d'une seconde, j'eus envie de le prendre dans mes bras pour le consoler, mais j'avais des coups de fil à passer.

Sans un mot de plus, je le plantai là et regagnai l'hôtel. Je me rendis à l'accueil, là où Marianne conservait tous les numéros de téléphone importants. Même si j'avais passé la plupart de mon temps en cuisine, j'avais aussi beaucoup appris sur la façon dont Marianne gérait l'établissement et j'avais passé quelques appels pour elle. Je savais donc où se trouvaient les informations dont j'avais besoin.

Mais le résultat ne fut pas à la hauteur de mes attentes.

Le premier numéro que je composai était celui de l'armateur du ferry. On m'expliqua rapidement que le trajet du matin était le dernier de la saison. J'avais espéré qu'ils me prendraient en pitié et accepteraient d'organiser un dernier trajet. Mon interlocutrice avait été charmante, mais elle ne pouvait rien faire pour moi.

Fin de la discussion.

Comme je n'étais pas du genre à renoncer facilement, je cherchai le numéro d'une compagnie aérienne. Marianne n'en conservant qu'un seul, cela signifiait qu'elle leur faisait confiance. J'expliquai ma situation et demandai combien cela me coûterait pour qu'un pilote vienne me chercher et me conduise à Fairbanks.

Quand l'homme au bout du fil m'annonça le tarif, j'en eus le souffle coupé.

— Mais c'est scandaleux !

— Les hydravions ne sont pas donnés, jeune fille.

— Je vois ça.

— Si vous voulez réserver, je vous conseille de faire vite. Le lac a déjà commencé à geler.

— J'ai encore un ou deux appels à passer avant.

Je ne savais pas exactement lesquels, mais je ne comptais pas me résigner si facilement. Avant de dépenser la quasi-intégralité de ce que j'avais économisé au cours des six derniers mois, je tenais à m'assurer que c'était la seule solution.

— Vous voulez prendre votre décision avec *pon-der*ation, c'est ça ? demanda-t-il en s'esclaffant.

De toute évidence, il se trouvait hilarant, mais bizarrement, cela ne m'amusait pas.

— Merci de votre aide, répondis-je simplement, avant de raccrocher.

En regardant par la fenêtre, je constatai que la neige tombait à gros flocons à présent, si vite qu'on commençait à ne plus rien y voir.

Génial. Vraiment génial. Ma poisse allait-elle s'arrêter un jour ?

J'examinai les deux derniers numéros de téléphone dans un soupir mêlé de dépit et de frustration. Il fallait que je prévienne ma mère. Je savais qu'elle m'apporterait le soutien et la compassion dont j'avais désespérément besoin.

Elle répondit dès la deuxième sonnerie.

— Maman… Je suis coincée, annonçai-je en retenant mes larmes.

— Au sens propre ou au sens figuré ?

— Au sens propre. Palmer m'a demandée en mariage, je n'ai pas entendu le réveil et j'ai raté le bateau.

J'étais dans un tel état de panique que je finis mon récit à bout de souffle.

— Maman ? Tu as entendu ce que j'ai dit ? finis-je par demander, étonnée par son absence de réponse.

— Oui, oui. En effet, on dirait bien que tu es coincée.

— Maman, je ne peux pas rester ici. Il faut que je revienne à Seattle.

J'espérais qu'elle aurait une idée de génie. Ma mère réussissait toujours à tirer le meilleur parti des pires situations imaginables. Histoire de lui rafraîchir la mémoire, j'entrepris de lui dresser une liste des raisons pour lesquelles je devais rentrer dans les meilleurs délais.

— Palmer t'a demandée en mariage ? demanda-t-elle, comme si elle n'avait rien écouté. Tu as mentionné son nom à plusieurs reprises, mais je n'avais pas réalisé que c'était sérieux à ce point. Il m'a tout l'air d'être un charmant garçon.

— Maman ! lâchai-je avec frustration. Tu n'as pas l'air de comprendre la gravité de la situation. Je dois rentrer à la maison. Il faut que tu m'aides.

— Comment est-ce qu'il a fait sa demande ? Est-ce qu'il a mis un genou à terre ?

Même si j'étais au comble de l'agacement, je souris à l'idée de la maladresse de Palmer.

— Non. Il m'a dit que j'avais des dents blanches et bien alignées.

Avec le recul, je compris que c'était sa façon de me dire qu'il aimait mon sourire.

Comme je m'y attendais, ma mère se mit à rire.

— Ça me rappelle ton père quand il a fait sa demande. Il était tellement nerveux et, finalement, il a dit quelque chose comme « je ne veux pas faire ça ». Quand je lui ai demandé ce qu'il entendait par-là, il m'a fixée d'un regard débordant d'amour. Et a ajouté qu'il ne voulait pas vivre le reste de sa vie sans moi.

— Oh, Maman, murmurai-je. Comme c'est romantique.

Beaucoup plus romantique que Palmer me disant qu'il aimait bien la couleur de mon émail ou l'odeur de mon shampoing.

— Pour être honnête, ton père était l'homme le moins romantique au monde. Mais il m'aimait et il t'adorait. Mais assez parlé de moi. Je suis certaine qu'il existe un moyen de te ramener à la maison.

— Je l'espère aussi, déclarai-je avec une assurance retrouvée.

Une fois de plus, ma mère avait réussi à me tranquilliser. Tout ce qui me restait à faire, c'était réfléchir calmement et posément. Tant qu'il y avait de la vie, il y avait de l'espoir.

Reboostée après cette discussion, je lui dis que je l'aimais et raccrochai. J'étais déterminée à rentrer à Seattle, quitte à faire le trajet en chien de traîneau.

CHAPITRE 4

Palmer

Jack déboula dans mon atelier aussi précipitamment que s'il avait voulu se mettre à l'abri d'un bombardement.

— Tu es au courant ? demanda-t-il, surexcité. Josie a raté le bateau !

Hobo l'accueillit en bonne et due forme et Jack lui tapota la tête d'un air absent.

— Je suis au courant, oui.

Je n'avais pas encore eu le temps de digérer l'information. Sa présence à Ponder était à la fois une bénédiction et une malédiction. Elle finirait par trouver un moyen de partir, et ce serait encore plus difficile de lui dire au revoir. Mais pour le moment, elle était coincée ici. Je ne pouvais m'empêcher de me réjouir, même si je la savais aussi furieuse que frustrée.

— Tu ne comprends pas ? insista Jack, impatient. On tient une opportunité en or de la persuader de t'épouser. Dieu te donne une seconde chance, alors ne la gâche pas, Palmer. Tu m'entends ?

Il délirait totalement. Il ressemblait à un sergent instructeur donnant des ordres, aux antipodes de la bonne pâte qui avait fini par devenir mon ami.

Je ne voulais pas le décourager, mais de mon point de vue, Josie mourait d'envie de déguerpir le plus vite possible. Quand je l'avais vue un peu plus tôt dans mon atelier, j'avais eu l'impression que mon cœur allait exploser de joie. Pendant un instant, j'avais cru qu'elle avait réfléchi et qu'elle avait décidé de m'épouser. Mais elle avait rapidement remis les pendules à l'heure.

— Elle est décidée à partir, dis-je à Jack sans cesser de travailler.

— Maintenant, peut-être, mais ça ne durera pas si on mène bien notre barque. Réfléchis ! Le fait qu'elle ait raté le bateau nous donne le temps dont nous avons besoin pour qu'elle revienne sur sa décision !

Le peu de lucidité qui lui restait était en train de se faire la malle.

— Je n'ai rien à lui offrir. Rien qui l'intéresse, en tout cas. Elle a été très claire quant à ce qu'elle veut, et ce n'est pas moi. Elle prétend même qu'elle est coincée ici à cause de moi.

D'ailleurs, je ne comprenais toujours pas comment elle en était arrivée à cette conclusion, d'ailleurs. Ce n'était pas moi qui avais oublié de me réveiller. Personne d'autre qu'elle n'était à blâmer dans cette histoire.

Jack me dévisagea longuement. Il devait penser que ça allait déclencher quelque chose chez moi.

— Reconnais que tu es content qu'elle soit encore là. On se fiche du pourquoi du comment. Ce qui compte, c'est qu'elle est ici. C'est une intervention divine. Comme un tremblement de terre ou une éruption volcanique.

— Dieu n'a rien à voir là-dedans. C'est un accident, rien de plus.

Jack secoua la tête, catégorique.

— Ce n'est pas comme ça que je vois les choses, et ce n'est pas comme ça que tu devrais les voir, toi non plus. Le destin t'accorde davantage de temps pour la faire tomber amoureuse de toi. Fais-en bon usage.

J'aurais voulu être aussi optimiste, mais je craignais qu'elle ne me brise davantage le cœur.

— Palmer ?

Décidément, Jack ne voulait pas lâcher le morceau.

— Je vais faire ce que je peux, concédai-je sans trop savoir ce que cela impliquait.

Je l'avais demandée en mariage et elle avait refusé. Que pouvais-je bien faire de plus ? Elle était dépitée d'être coincée là, et allait trouver un moyen de plier bagage. Et rien ne pourrait la faire changer d'avis.

Lors du départ de Jack, je supposai qu'il rentrait chez lui. J'avançai le travail sur mon épée, puis pris la décision d'aller voir Josie, sans être certain du bien-fondé de mon idée. Le cœur lourd, j'ôtai ma tenue de travail et enfilai mon manteau avant d'affronter le froid.

À ma surprise, quand je franchis la porte qui séparait mon atelier de ma cuisine, avec Hobo sur les talons, je trouvai Jack en train de fouiller dans mes placards.

— Prêt pour le déjeuner ?

— Non. Il faut que je parle à Josie.

Aussitôt, il sourit de toutes ses dents.

— Excellente idée. Va la conquérir et insiste jusqu'à ce qu'elle dise oui.

Je laissai Jack dans ma cuisine. Je savais qu'il ferait comme chez lui. La neige avait cessé de tomber. La couche qui s'était formée faisait près de trente centimètres. D'ici quelques semaines, elle monterait jusqu'à la fenêtre de ma cuisine.

La porte d'entrée de l'hôtel n'était pas fermée à clé. Je trouvai Josie installée dans l'un des fauteuils, enveloppée dans son manteau. Elle releva brièvement la tête en m'entendant arriver. Les bras enroulés autour d'elle, elle semblait morose et perdue. La cheminée était éteinte. Josie devait être gelée.

Apparemment sensible à sa détresse, Hobo la rejoignit et s'assit à ses pieds.

Le regard triste de Josie croisa brièvement le mien. Je ne savais pas quoi faire. Une bourrasque dehors me fit détourner les yeux. Je m'approchai de la cheminée et rassemblai du petit bois pour faire du feu. En l'espace de quelques minutes, les brindilles brûlaient avec suffisamment de vigueur pour me permettre d'ajouter quelques bûches.

— Il ne va pas tarder à faire un peu moins froid, annonçai-je pour détendre l'atmosphère.

— Merci, murmura-t-elle en s'enfonçant un peu plus dans le fauteuil.

Je m'installai dans le fauteuil en face du sien, les bras croisés et les jambes tendues. Je ne savais pas trop par où commencer. Mais c'est elle qui prit la parole en premier.

— Je n'aurais pas dû rejeter la faute sur toi, dit-elle d'un ton profondément abattu, tout en caressant Hobo.

— Je comprends. Tu étais contrariée.

— C'est un euphémisme, répondit-elle dans un rire triste.

C'était dur de la voir aussi déprimée. Ses cheveux tombaient devant son visage et elle gardait les yeux baissés.

— As-tu trouvé un moyen de rentrer à Seattle ? demandai-je, conscient de la difficulté de son entreprise.

Elle laissa échapper un profond soupir.

— Pas vraiment. Le ferry ne reviendra pas et un trajet en hydravion coûte une fortune. J'ai envisagé de voyager par la route, avec des chiens de traîneau, mais je doute de réussir à convaincre quelqu'un de venir me chercher jusqu'ici.

Elle releva la tête, une lueur d'espoir dans les yeux.

— Je peux peut-être me rendre à Fairbanks en voiture.

Elle connaissait aussi bien que moi la réponse à sa question.

— Toutes les routes sont des culs-de-sac, tu le sais bien.

— Et le courrier ? Peut-être que je pourrais repartir avec l'avion qui l'apporte ? Le courrier doit bien continuer à être acheminé pendant l'hiver ?

J'hésitai. Cette réponse-là ne lui plairait pas non plus.

— Les gens qui restent à Ponder en basse saison sont si peu nombreux que le gouvernement suspend l'acheminement du courrier. J'ai une boîte postale à Fairbanks. Ma sœur la relève de temps en temps. Mais à part des flyers et de la pub, il n'y a pas grand-chose. Quand les gens ont besoin de nous contacter, ils le font *via* Internet.

Josie soupira à fendre l'âme, comme si elle portait le poids du monde sur ses épaules.

— Tu as appelé ta mère pour lui expliquer la situation ?

— Oui, on a discuté un moment.

— Et ton fameux chef ?

Je savais que c'était le plus gros sujet de contrariété de Josie. Elle était impatiente de commencer sa carrière. Et en dépit de mon désir de la voir rester, je ne lui souhaitais pas de passer à côté d'une opportunité pareille.

— Anton, prononça-t-elle dans un souffle.

— Est-ce que tu risques de perdre ta place ?

Son menton se mit à trembler, mais elle réussit à retenir les larmes qui perlaient au coin de ses yeux.

— Je lui ai envoyé un e-mail, j'attends sa réponse. J'aimerais croire qu'il ne va pas donner la place à quelqu'un d'autre, mais je n'en sais rien. Je ne pourrais pas lui en vouloir d'engager un autre sous-chef.

— Je suis désolé. Sincèrement. Je sais combien c'est important pour toi.

— C'est ma faute, dit-elle, en soupirant à nouveau.

Elle avait l'air encore plus pitoyable qu'avant, et ce n'était pas peu dire.

La voir aussi triste me faisait un drôle d'effet. Je prenais sur moi pour ne pas la serrer dans mes bras. Pour résister à la tentation, je détournai le regard et me concentrai sur le feu dans la cheminée.

Après quelques secondes de silence gêné, j'osai :

— Tu as réussi à contacter les Brewster ?

Elle hocha la tête.

— Ils venaient de descendre du ferry. Marianne se sentait affreusement mal de m'avoir laissée ici, mais c'est entièrement ma faute. Jerry nous avait bien dit d'apporter nos bagages dans l'entrée avant d'aller au lit. Mais mes idées se bousculaient dans ma tête après notre conversation et j'ai oublié de le faire. Je m'en suis souvenue une fois couchée, mais je n'avais pas envie de me relever et de me rhabiller, alors j'ai décidé que je me lèverais plus tôt le lendemain. J'ai pensé que quelques heures de plus ou de moins ne changeraient pas grand-chose.

— On se croirait dans un vaudeville.

— Sauf que ce vaudeville n'amuse personne, surtout pas moi.

Ce n'était pas tout à fait exact… Jack avait été aux anges d'apprendre que Josie était coincée ici.

— Marianne m'a assuré que je pouvais rester à l'hôtel aussi longtemps que je le souhaitais. C'est déjà ça. Je ne sais pas ce que j'aurais fait si les Brewster m'avaient dit que je devais partir.

Au moins, elle n'aurait pas de souci à se faire concernant les provisions. Le congélateur de l'hôtel était plein à craquer de viande, de légumes et de bien d'autres choses. Elle devrait simplement s'habituer à cuisiner sans fruits et légumes frais. Et à constamment entretenir un feu allumé dans la cheminée, car ce serait sa seule source de chaleur.

— Je suis navré de tout ce qui t'arrive, Josie.

Elle plongea son regard dans le mien.

— Vraiment ? Parce que j'aurais cru que tu verrais ça comme une bénédiction. Que tu serais enchanté de me savoir coincée ici.

— Pas si c'est contre ta volonté.

J'étais sincère, même si elle ne me croyait pas.

Si elle pensait que j'allais la supplier de rester, elle avait tort.

— J'ai du mal à te croire.

— Tu te trompes. Si je suis venu te trouver, c'est justement parce que j'ai peut-être une solution pour te ramener à Seattle.

Elle n'eut pas eu l'air de comprendre tout de suite. Puis, au bout de quelques secondes, elle écarquilla les yeux.

— Comment ça ? Tu connais quelqu'un qui accepterait de venir me chercher ?

— Peut-être. Un de mes amis, Sawyer O'Halloran, est pilote de brousse et il possède un avion. Il vient dans la région de temps en temps pour affaires et…

— Définis « de temps en temps » !

— Une fois par mois environ ? Je peux l'appeler et lui demander s'il peut faire un petit détour par Ponder.

— Tu ferais ça ?

Son enthousiasme confirmait à quel point elle avait hâte de quitter Ponder. De me quitter.

— Bien sûr, répondis-je avec détachement même si sa joie me vrillait l'estomac. Je te tiens au courant dès que j'en sais plus.

— Je te suis tellement reconnaissante, je ne sais pas comment te remercier.

— Je ne peux rien te promettre.

— Je sais.

Même si j'aurais adoré qu'elle reste, je refusais de manipuler les événements pour l'empêcher de partir. Après tout, si j'étais tombé amoureux d'elle, c'était aussi à cause de son talent en tant que chef, de sa passion, son ambition, sa créativité. Josie était une artiste, tout comme moi.

Soudain, un masque d'inquiétude recouvrit son visage.

— Il va me demander combien, à ton avis ?

— Je ne sais pas trop, mais Sawyer est quelqu'un de raisonnable. Et étant donné qu'il sera déjà dans les parages, je pense que son prix ne sera qu'une fraction du devis qu'on t'a donné ce matin.

Josie semblait sur le point de se mettre à pleurer et s'il y avait bien une chose face à laquelle j'étais incapable de lutter, c'étaient les larmes d'une femme. Mon premier réflexe fut de la prendre dans mes bras, mais n'étant pas certain qu'elle apprécierait, je me retins.

— Merci, murmura-t-elle.

— Je t'en prie, ce n'est rien.

Je me levai pour partir. Il était temps de me remettre au travail. Et de virer Jack de chez moi avant qu'il n'ait mangé toutes mes réserves pour l'hiver.

— Je peux te prendre dans mes bras ? demanda Josie.

Jusqu'à la veille, j'adorais la serrer contre moi, sentir sa douceur, son parfum… Mais maintenant, ce serait de la torture.

Sans me laisser le temps de répondre, elle traversa la pièce. Et sans me laisser le choix, elle passa ses bras autour de ma taille et pressa son visage contre mon torse.

— Je ne comprends pas pourquoi tu m'aides, dit-elle à voix basse.

Sans la lâcher, je décidai de profiter de la moindre seconde pour graver ce moment dans ma mémoire, et répondis :

— Ça me paraît évident, pourtant.

Elle s'écarta et releva la tête dans ma direction.

— Je t'aime, Josie. Je ferais n'importe quoi pour toi.

CHAPITRE 5

Josie

Je ne défis pas mes bagages. Je voulais me raccrocher à l'espoir que l'ami de Palmer trouverait immédiatement une excuse pour venir dans la région. Et je voulais être prête quand il arriverait.

Mais après trois jours à fouiller dans mes valises, je n'en pouvais plus. Je me résignai à sortir quelques affaires, que je rangeai soigneusement dans mes tiroirs.

Depuis le matin où j'avais raté le ferry, j'avais évité Palmer, ce qui était beaucoup plus difficile que je ne l'aurais prévu. À chacun de ses passages à l'hôtel, j'avais trouvé une excuse pour le renvoyer chez lui. Sa déception était perceptible, et dès le deuxième jour de tentatives infructueuses, il avait renoncé à passer. Mais désormais, je me sentais seule et déprimée.

Si je passais davantage de temps avec lui, je ne trouverais plus le courage de partir. Et je ne pouvais laisser mon cœur me guider dans cette voie. J'étais à un tournant crucial qui ne me permettait ni de l'épouser, ni de rester là.

Il n'y avait pas grand-chose à faire à l'hôtel. Alors, pour m'occuper, et comme Anton avait accepté de me garder la place, je décidai de créer des recettes et des menus et de les lui envoyer par e-mail. Je lus deux livres en trois jours, cuisinai, fis des gâteaux. J'avançai une broderie commencée au lycée, que j'avais apportée. Mais au bout de la troisième journée passée à m'isoler et à éviter Palmer, je craquai. Sa compagnie me manquait ainsi que celle de Hobo. Ce dernier était venu tout seul jusqu'à l'hôtel ce matin-là et j'avais presque pleuré de joie en le voyant.

Jack me rendait visite deux ou trois fois par jour, toujours à l'heure des repas. Si je l'avais laissé faire, il aurait passé ses journées et ses soirées avec moi. Il parlait sans arrêt, il me suggérait même de lui faire des recettes, persuadé que je devrais le remercier de m'occuper à le nourrir. Cet après-midi-là encore, il m'avait apporté de la viande de caribou pour lui préparer son ragoût préféré. Tous les ingrédients m'ayant été généreusement fournis, je me sentis obligée de tout mettre.

— Tu as fait du pain aujourd'hui ? demanda-t-il en s'asseyant sur un tabouret dans la cuisine.

— J'en ai fait hier, lui rappelai-je tout en faisant dorer la viande et sauter les oignons.

— J'ai tout mangé.

— Les deux miches ?

Je n'avais jamais rencontré quelqu'un avec un tel appétit.

— J'en ai donné une à Palmer. Il était content.

Je transférai la viande de la poêle vers la marmite sans même relever la tête, feignant d'être totalement absorbée par ma tâche.

— Comment va-t-il ? demandai-je sans manifester trop d'intérêt.

— Il est débordé. Il passe tout son temps à travailler sur cette épée qu'on lui a commandée. Il veut la terminer avant Noël. Mais je pense qu'il utilise surtout ça comme une distraction, pour oublier le fait que tu es juste à côté.

— Oh.

— Il est mal luné ces jours-ci, surtout quand je parle de toi. Tu devrais lui faire une de ces tartes dont tu as le secret, avec les fruits rouges que vous aviez ramassés ensemble pendant l'été. Ça devrait l'adoucir un peu.

Il me prenait vraiment pour une idiote. Jack adorait ma tarte aux fruits rouges. Et dès que je préparais quelque chose pour Palmer, Jack en récoltait une partie. J'ignorai sa suggestion.

— Il mange bien ?

— Je ne sais pas trop. Je suppose que oui.

La réaction de Jack n'était pas très encourageante.

— Peut-être pourrais-tu partager le ragoût avec lui. Il y en a pour un régiment.

— C'est une excellente idée, répondit-il de manière plus enthousiaste.

— Je préparerai une assiette pour lui, tu n'auras qu'à la lui donner.

Ma fierté m'empêchait de la lui apporter moi-même, alors que j'aurais dû. Je lui devais des excuses. Je m'étais mis le dos au mur toute seule et je le regrettais, mais désormais, je ne savais pas trop comment arrondir les angles. J'espérais qu'il verrait le ragoût comme un gage de réconciliation.

— Tu veux que moi, je lui apporte son dîner ? me rétorqua Jack sur un ton indigné. Hors de question. C'est ton idée. C'est toi qui t'en occupes.

J'eus envie de protester, mais j'en fus incapable.

Quand Palmer m'avait demandée en mariage, j'avais été secouée, cherchant à me convaincre que c'était à cause de sa situation géographique. En effet, peu d'opportunités devaient se présenter à lui, et il craignait probablement de finir seul, comme Jack. Mais depuis qu'il m'avait avoué son amour, j'étais dans tous mes états. Je passais mes nuits à tourner dans mon lit, et à penser aux conséquences de ce mariage. Un tas de questions me hantaient, et les réponses possibles m'effrayaient.

Au début, je ne voyais que les obstacles. Mais ces derniers jours, j'étais troublée par le champ des possibles qui s'ouvrait devant moi. J'avais totalement fait abstraction de mes sentiments pour Palmer. J'avais refusé de m'avouer que… j'étais amoureuse de lui.

Pourquoi fallait-il que la vie soit si compliquée ?

Je m'étais convaincue dès le début qu'une relation à long terme avec lui serait problématique. Que je ne tarderais pas à l'oublier lorsque je reprendrais ma vie à Seattle. Mais désormais, je n'en étais plus aussi sûre. Comment me sentirais-je à cet instant si je n'avais *pas* raté le dernier ferry ? Peut-être occuperait-il encore plus mon cœur et mes pensées qu'il ne le faisait déjà. Autant d'émotions que je n'étais pas prête à gérer.

La voix de Jack me sortit de ma rêverie.

— Tu penses à Palmer, pas vrai ?

— Comment ? Désolée, je n'ai pas entendu ce que tu viens de dire, esquivai-je, gênée d'être prise sur le fait.

Les yeux de Jack pétillaient.

— Palmer. Tu penses à lui, n'est-ce pas ?

— Non. Peut-être…

Jack laissa échapper un petit rire.

— C'est bien ce que je pensais. Tu connais l'expression « loin des yeux, loin du cœur » ? Ça marche pour toi, ces jours-ci ?

Je détestais le voir lire en moi aussi facilement. Si mon père était encore là, il aurait sûrement dit la même chose.

— Puisque tu ne veux pas me répondre, est-ce que je peux te donner mon avis ?

Le ton n'était plus à la plaisanterie. Mal à l'aise, j'entrepris de nettoyer l'évier pour me donner une contenance.

— Je n'ai aucun mal à imaginer ce que tu en penses.

Il frotta sa barbe d'un air songeur.

— Inconsciemment, tu voulais rater ce bateau.

— Pardon ? m'écriai-je, indignée par sa suggestion. C'est ridicule.

Je refusais de considérer cette possibilité. Cela ne méritait même pas d'être évoqué.

Face à ma réaction, Jack sourit comme s'il venait de gagner à la loterie.

— Tu es amoureuse de Palmer. Admets-le.

Je pivotai pour lui faire face, prête à tout nier en bloc. Sauf que j'en étais incapable. Mes épaules s'affaissèrent sous le poids de la défaite. Comme je ne parvenais pas à mentir et que je ne souhaitais pas non plus avouer mes sentiments, je choisis de me taire.

— Tu es perdue, Josie, dit Jack d'une voix douce. On le serait à moins. La vie dans la toundra n'est pas facile, la solitude peut être dure à supporter ici, surtout pour une femme. Et les femmes ont besoin les unes des autres pour se soutenir émotionnellement.

Je sautai sur l'occasion de changer de sujet.

— Ah oui ? Et on peut savoir depuis quand tu es un expert en la matière ?

— Je n'en suis pas un, admit-il. C'est Angie qui m'a dit ça.

— Angie Wilkerson ?

Nous avions échangé quelques mots à plusieurs reprises après la compétition culinaire de la fête de l'indépendance. Je savais qu'elle vivait dans un des chalets de Ponder avec son mari, Steve, mais je n'aurais pas cru qu'elle était encore là.

— Elle passe l'hiver ici ?

— Bien sûr. Comme chaque année, avec Steve et leurs deux fils.

— Je l'ignorais.

— Steve est comme Palmer : la vie citadine, c'est pas son truc. Il travaille pour un de ces gros groupes pétroliers. Il s'occupe de régler tous les problèmes qui surviennent au niveau des oléoducs.

Une pensée se forma dans mon esprit à la vitesse de l'éclair. En cas de souci avec un oléoduc, Steve se rendrait sur place. Donc si un problème surgissait dans les prochains jours, je pourrais peut-être partir avec lui. J'avais donc un plan B.

— Jack… S'il y a un problème avec un oléoduc, Steve doit être sur place, pas vrai ? Il se rend sur le site pour effectuer les réparations, non ?

Mon cerveau tournait à mille à l'heure. Je ne souhaitais pas voir un problème survenir, mais cela pourrait m'offrir l'issue de secours dont j'avais désespérément besoin.

— Nan.

— Comment ça, « nan » ? Tu viens pourtant de me dire que…

— Tout se fait par ordinateur de nos jours, Josie. Steve gère tout à distance depuis chez lui.

Je vis tout espoir s'enfuir au loin.

— Oh. Je vois.

— Angie était surprise d'apprendre que tu avais raté le bateau. Elle a dit qu'elle serait ravie de te rendre visite, si tu voulais.

Je me lavai les mains et les essuyai sur le torchon accroché à mon tablier blanc. Je l'appellerais. J'avais bien besoin d'une amie, surtout en ce moment.

— Pense à ce que je t'ai dit. Je crois vraiment que ton subconscient y est pour quelque chose, Josie. C'est peut-être ta chance de voir les choses autrement, insista Jack.

Il souriait, comme s'il était le détenteur d'un grand secret qu'il ne pouvait pas encore partager avec moi.

— Je t'en prie, Jack. Rester coincée ici n'avait rien d'intentionnel, en dépit de ce que tu veux croire.

— Si tu le dis… répondit-il, convaincu d'avoir raison.

— Je le dis.

Son air suffisant ne quittait pas son visage. J'avais beau être agacée, je me refusais à le contredire. Jack était têtu comme une mule : c'était une bataille perdue d'avance. Jamais il n'admettrait avoir tort.

Après le dîner, une fois Jack rentré chez lui, je fis la vaisselle. Mon regard s'attarda sur le plat posé sur la gazinière. Je ferais mieux de ne pas traîner si je voulais l'apporter à Palmer.

En Alaska, la nuit tombait très tôt en automne et en hiver. À la fin du mois d'octobre, il faisait nuit noire à 17 h 30. Je m'habillai chaudement, attrapai une lampe torche, puis je pris la direction du chalet de Palmer. Heureusement, je connaissais le chemin par cœur pour l'avoir parcouru des dizaines de fois.

Même si l'heure du dîner était passée depuis longtemps, la lumière était encore allumée dans son atelier. Une fois devant la porte, j'hésitai. Sans savoir si je serais la bienvenue, je rassemblai mon courage et je frappai, la gorge nouée par la nervosité.

Quelques secondes plus tard, la porte s'ouvrit. En me voyant, il ouvrit des yeux comme des soucoupes.

— Je t'ai apporté à dîner, dis-je en lui tendant le plat.

Un nœud se forma dans mon estomac en constatant qu'il ne m'invitait pas à entrer. Il s'empara du plat et je tournai les talons pour rentrer à l'hôtel quand j'entendis, dans mon dos :

— J'ai parlé à Sawyer.

Je me figeai.

— Vraiment ? dis-je, incapable de cacher mon excitation.

— Entre, suggéra-t-il en ouvrant plus grand la porte. J'étais sur le point de fermer boutique.

Il ouvrit la marche, éteignit les lumières de l'atelier et me guida jusqu'à la cuisine, Hobo sur les talons.

Il posa le plat sur le plan de travail et se lava les mains avant de se tourner vers moi.

— J'aurais pu demander à Jack de te prévenir, mais je préférais le faire moi-même.

Il sourit, comme s'il n'y avait jamais eu la moindre tension entre nous, et je laissai échapper un soupir de soulagement.

— Sawyer vient-il bientôt dans la région ?

J'essayai de dissimuler mon enthousiasme, mais à en juger par le froncement de sourcils de Palmer, c'était raté.

— Il m'a dit qu'il devait venir dans une dizaine de jours. Tu peux attendre jusque-là ? Je sais que tu as hâte de partir.

Comme si j'avais vraiment le choix…

— Pas de problème. A-t-il mentionné combien le vol me coûterait ?

Le prix était une vraie source d'inquiétude.

— Oui.

Nerveuse, je me plaçai en face de Palmer, de l'autre côté du plan de travail. Je tirai un des tabourets et m'assis, redoutant de défaillir selon ce qu'il m'annoncerait. Le premier devis qu'on m'avait donné m'avait laissée sans voix.

Palmer ouvrit un tiroir pour prendre des couverts, puis m'annonça le montant.

J'étouffai un cri de surprise, bouche bée.

Palmer releva la tête.

— C'est trop cher ?

— Non… Je dois reconnaître que je m'attendais à beaucoup plus.

Débordante de reconnaissance, je résistai à la tentation de sauter de mon tabouret pour le prendre dans mes bras. Encore quelques jours et je pourrais retourner à Seattle, retrouver ma mère et commencer ma nouvelle carrière.

La vie dont je rêvais.

Palmer enfonça ses mains dans ses poches arrière.

— Tu as des nouvelles de ton travail avec Allen ?

— Anton.

— Ah oui, c'est vrai.

— Il me garde la place si je rentre d'ici quinze jours.

Je n'avais pas tout perdu dans mon malheur.

— Je me suis renseigné un peu sur lui, dit Palmer d'un air détaché. Il est jeune.

— Pas tant que ça. Il a trente-cinq ans, je crois.

Palmer ricana.

— C'est bien ce que je dis. L'article que j'ai lu disait que c'est l'un des célibataires les plus en vue de Seattle. Enfin, tu l'as rencontré donc tu es bien placée pour le savoir.

J'eus du mal à cacher mon amusement.

— Je l'ai vu une fois ou deux, en effet.

Si ses talents culinaires m'impressionnaient, je l'avais trouvé arrogant et extrêmement exigeant. Des rumeurs circulaient sur son compte, sur sa tendance à abuser des drogues et de l'alcool. Il n'était pas commode, mais cela ne m'effrayait pas. J'avais travaillé avec plusieurs chefs très autoritaires et j'avais réussi à gérer leurs fortes personnalités tout en faisant correctement mon travail. C'était en partie grâce à cela que mes professeurs avaient appuyé ma candidature et que j'avais décroché un entretien avec Anton.

— Je vois, répondit Palmer de mauvaise grâce.

— Je pense que je peux beaucoup apprendre en travaillant avec lui.

— C'est bien ce qui me fait peur, grommela Palmer dans sa barbe.

— Pardon ?

J'avais parfaitement entendu, mais je me demandais s'il aurait le courage de répéter tout haut ce qu'il venait de dire tout bas.

— Non, rien. Je suis content qu'il te garde la place, Josie.

— Merci.

La conversation était au point mort et je n'avais aucune raison de m'attarder davantage. Alors je me dirigeai vers la porte.

— Je ferais mieux de retourner à l'hôtel.

— On va te raccompagner, Hobo et moi.

— Ce n'est pas la peine. Je peux rentrer toute seule.

— J'insiste.

Je hochai la tête. Il semblait y tenir et je devais reconnaître que sa compagnie me plaisait.

Palmer attrapa son manteau et une lampe, puis nous nous mîmes en route dans l'obscurité, côte à côte. Le ciel était dégagé et plein d'étoiles. C'était un spectacle dont je ne me lasserais jamais. Cela me rappelait mon enfance, quand j'allais camper avec mes cousins et que nous collections des lucioles dans un bocal. J'adorais camper. C'était en partie à cause de ces séjours avec ma tante, mon oncle et mes cousins que j'avais décidé de venir en Alaska.

Une fois devant l'hôtel, Palmer grimpa les marches du porche avec moi. J'étais sur le point de le remercier et d'ouvrir la porte quand il me prit par les épaules et me fit pivoter vers lui. Nous nous dévisageâmes longuement. Face à tout cet amour qui émanait de lui, je retins mon souffle.

Avant de réaliser ce qui était en train de se passer, je fus contre lui, mes bras autour de son cou, et nous nous embrassions comme s'il était un soldat sur le point de partir au front. La passion, le désir étaient plus intenses que tout ce que nous avions partagé jusque-là.

Lorsque nous relâchâmes notre étreinte, nous étions tous les deux à bout de souffle, comme après avoir passé trop de temps en apnée. Je plaçai une main sur mon cœur et reculai d'un pas. Palmer avait l'air aussi abasourdi que moi.

— Waouh, murmurai-je.

Je n'étais pas certaine de ce qui venait de se passer. Mais je ne le regrettais pas pour autant.

Palmer descendit l'escalier. Quand je l'appelai, il se retourna.

— C'était quoi, ce baiser ?

Peut-être pourrait-il clarifier les choses. De mon côté, j'en étais incapable.

— Je ne sais pas trop. Je voulais sans doute que tu te souviennes de moi lors de tes retrouvailles avec Allen.

— Anton.

— Peu importe, marmonna-t-il en reprenant le chemin de son chalet.

CHAPITRE 6

Josie

Je passai une nouvelle nuit blanche, incapable de sortir Palmer de mes pensées. J'adorais sa manière d'embrasser. Ses baisers étaient addictifs. Je savais qu'une fois de retour chez moi, j'allais avoir du mal à cesser de penser à lui. D'ailleurs, durant mon insomnie, je réalisai que je n'avais peut-être pas envie de l'oublier. Cette évidence me serra le cœur : Palmer faisait partie de moi.

Et pourtant, cela ne changeait rien à ma situation ni à mes obligations. En dépit de mes sentiments, je m'étais engagée auprès d'Anton. J'avais travaillé dur pour en arriver là. Je ne pouvais pas vivre dans un endroit où il me faudrait abandonner tout ce que j'avais construit. Bien sûr, j'aurais pu continuer à cuisiner pour l'hôtel pendant six mois de l'année. Mais je savais que je m'en lasserai rapidement.

Parler avec ma mère un peu plus tôt dans la journée n'avait pas été d'un grand secours. Elle m'avait seulement conseillé de suivre mon cœur. Mais c'était mon cerveau qui menait la danse, même s'il avait du mal à ne pas tenir compte des perturbations de mon cœur, pour me fournir des solutions viables.

Je me levai vaseuse et de mauvaise humeur, fâchée contre Palmer. C'était injuste, mais je ne pouvais pas m'en empêcher. J'aurais aimé en discuter avec Jack. Mais en dépit de l'affection et de la confiance qu'il m'inspirait, il n'était pas objectif. Il m'encouragerait à épouser Palmer.

Maussade, je fis le point sur les options (très limitées) qui s'offraient à moi. Je me souvins subitement de Jack suggérant que j'avais fait exprès de rater le bateau. Cela suffit à m'irriter un peu plus.

Cette situation était digne d'un vaudeville. Entre la demande en mariage, les déductions de Marianne et ma panne de réveil... C'était la faute de tout le monde, sans être celle de personne.

Il me revint à l'esprit qu'Angie Wilkerson passait l'hiver à Ponder et qu'elle avait proposé de me rendre visite. Parler à une autre femme, voilà ce dont j'avais besoin. J'attendis le milieu de matinée puis d'enfiler mes vêtements les plus chauds et de prendre la direction de son chalet.

Le trajet durait une dizaine de minutes et demandait d'emprunter le centre de la ville. Je passai devant le bar près de l'église baptiste. Devant la quincaillerie de l'autre côté de la rue, désormais fermée pour l'hiver. Le magasin contenait tout ce dont quelqu'un pouvait avoir besoin, (y compris un rayon pharmacie, alcool, bureau de poste) et ce qui aurait pu ressembler à l'équivalent d'un guichet de banque. C'étaient les Terry qui faisaient tourner cette boutique depuis des années, pendant la haute saison. Ils passaient leurs hivers au Texas, avec leur fille aînée, puis ils revenaient chaque année au printemps, en même temps que les Brewster.

Le second bar de la ville se trouvait près de la quincaillerie, à côté de l'église méthodiste. Le pasteur Gene était un pasteur retraité qui servait pendant la saison touristique, jusqu'au début du mois d'octobre. Je l'appréciais énormément, ainsi que ses sermons. Il venait dîner à l'hôtel tous les dimanches. C'était dans cette église que j'avais rencontré Angie et Steve pour la première fois.

La ville comptait également une bibliothèque, qui n'était en réalité que le salon de la vieille Lilly Appleton. Elle ouvrait sa maison aux résidents aussi bien qu'aux touristes et prêtait ses livres à quiconque voulait les lire. Son salon en était rempli du sol au plafond. Ce n'était que le deuxième hiver qu'elle passait à Fairbanks. Elle avait quitté Ponder à bord du dernier ferry, elle aussi.

Je marchais d'un bon pas, malgré le froid qui me mordait le visage. Arrivée devant la demeure des Wilkerson, je frappai à la porte et Angie m'accueillit avec un grand sourire.

— Entre, je t'en prie.

Elle attrapa mon bras et m'entraîna à l'intérieur.

Après m'être débarrassée de mes nombreuses couches de vêtements, je rejoignis Angie. Elle était grande, assez mince, ses cheveux sombres rassemblés en une tresse qui lui arrivait au milieu du dos. Deux petits garçons, âgés d'environ quatre et cinq ans, étaient assis à terre, entourés de Lego. Apparemment, ils construisaient un gratte-ciel, et ils étaient tellement concentrés qu'ils remarquèrent à peine ma présence.

— J'ai été surprise d'apprendre que tu avais raté le ferry, commença Angie. Tu devais être dans tous tes états.

— Ce n'est pas peu dire. Heureusement, Palmer connaît un pilote qui peut m'amener à Fairbanks dans quelques jours.

Angie leva les yeux de la tasse de thé qu'elle était en train de me servir.

— Sawyer O'Halloran ?

— Tu le connais ?

— Tout le monde le connaît dans la région. Palmer l'a fait, alors, continua-t-elle d'un ton incrédule. Il t'a aidée à trouver un moyen de partir ?

— Ça semble vraiment te surprendre.

— Oui. Il est fou de toi.

Il n'avait vraiment pas fallu longtemps avant que la conversation ne devienne gênante.

— Oui, mais... Je... Ma vie est à Seattle.

Je décidai de ne pas rentrer dans les détails : le job de mes rêves qui m'attendait, une opportunité que tous les autres jeunes diplômés de mon école m'enviaient. Angie soupira.

— Je suis triste que tu aies décidé de partir malgré tout. J'avoue que j'adorerais que tu restes, même si c'est égoïste de ma part. Il y a si peu de femmes qui vivent ici, surtout durant l'hiver...

— J'ai été étonnée d'apprendre que tu vivais ici toute l'année. Tu ne trouves pas ça difficile ?

Je ne pouvais qu'imaginer la solitude qu'elle devait éprouver, sans parler du manque de commodités et d'infrastructures.

— Oui et non, dit-elle en attrapant sa tasse fumante. Les gens qui partent à la fin de la saison me manquent, mais tout est d'une beauté incroyable ici, l'hiver. J'étais incapable de l'apprécier au début, mais je la vois désormais.

Le souvenir des aurores boréales en compagnie de Palmer et Hobo me revint aussitôt. Nous les avions observées à de nombreuses reprises et, aussi fou que cela puisse paraître, nous les avions *entendues* aussi. Ce matin encore, j'avais pu admirer un renard polaire qui s'ébattait dans la neige. Les sapins, dont les branches ployaient sous le poids de la neige, semblaient sortis d'une carte de Noël. Impossible de ne pas être d'accord avec Angie : la beauté était partout.

— L'isolement ne te dérange pas ? demandai-je entre deux gorgées d'un délicieux thé, mélange d'orange et d'épices.

— Au début, si. Mais plus depuis l'arrivée de Mason et Oliver.

Je souris en regardant les deux petits garçons, qui s'amusaient. La pile de Lego était aussi haute qu'Oliver. Debout, il empilait des blocs, alors que la tour penchait dangereusement vers la gauche. Quand elle tomba et que toutes les briques s'éparpillèrent sur le sol, il éclata de rire.

— Mason, aide ton frère à remettre les Lego dans leur boîte, ordonna Angie à son fils.

Mason s'empara du bac en plastique et le traîna jusqu'à Oliver.

— Je peux avoir un cookie ?

— Quand vous aurez rangé les Lego.

En observant cet échange, une question piqua ma curiosité.

— Comment vous êtes-vous rencontrés, avec Steve ?

Je ne savais pas grand-chose de son mari hormis son amitié avec Palmer et son manque d'intérêt pour les grandes villes.

— On s'est rencontrés à Fairbanks, commença Angie sans perdre les enfants de vue. J'avais trouvé un petit boulot pour l'été dans le secteur de la pêche à côté d'Anchorage. J'avais besoin d'argent pour compléter ma bourse d'études et le salaire était excellent. Quand la fin de la saison est arrivée, avec une amie, on a décidé de voyager au-delà du cercle polaire. On a pris le train qui partait d'Anchorage pour Fairbanks *via* Denali, avec l'intention de trouver un pilote de brousse une fois à Fairbanks.

— C'est là que tu as rencontré Steve ?

— Oui. J'étais à l'aérodrome, à négocier le prix du trajet jusqu'à Bettles avec un pilote. J'avais entendu parler de l'endroit et trouvé un petit hôtel où j'avais réservé une chambre pour une nuit.

— Il n'y a pas de route jusqu'à Bettles ?

— Pas la moindre.

Comme à Ponder, même si, contrairement à Bettles, la ville était sous le cercle arctique.

— Steve était à l'aérodrome, lui aussi, à la recherche d'un pilote qui pouvait l'amener à Ponder, et il a entendu notre conversation. On a discuté, il m'a invitée à dîner ce soir-là et j'ai accepté. Mon amie avait eu un coup de cœur pour le pilote et devait dîner avec lui de son côté. Bref, avec Steve, le courant est tout de suite passé. On a discuté jusqu'à la fermeture du restaurant. J'avais déjà eu plusieurs petits amis, mais je n'avais jamais rencontré personne comme lui. Ça collait. Je ne sais pas comment le dire autrement. Mais nous partions chacun pour des destinations différentes le lendemain.

— Que s'est-il passé ensuite ?

Je ne voulais pas me montrer indiscrète, mais leur histoire titillait ma curiosité.

— Après le dîner, j'ai annulé mon vol et Steve en a fait autant. On a passé chaque minute ensemble jusqu'à mon départ pour l'Oregon, trois jours plus tard. Je n'avais aucune envie de rentrer ni Steve de me voir partir. Mais je devais retourner à la fac.

— Et donc, vous êtes restés en contact ?

Angie hocha la tête.

— On s'est parlé tous les jours pendant des mois.

Oliver sur ses talons, Mason lui tira la manche.

— Maman, on a fini. Est-ce qu'on peut avoir nos cookies, maintenant ?

— Oui. Vous avez bien travaillé, les garçons !

Angie se pencha sur eux pour les embrasser sur le front, puis elle se leva et attrapa un bocal. Elle tendit un cookie à chacun et les garçons sortirent de la cuisine en courant.

— Je vais lire une histoire à Oliver ! cria Mason depuis le salon.

Angie sourit.

— Mason connaît ses livres préférés par cœur et il commence à lire tout seul. C'est fou, ce qu'il est intelligent. Oliver aussi, d'ailleurs.

Je les regardais, envieuse : j'aimerais tant fonder une famille, un jour.

— Bref, pour en revenir à Steve, je suis retournée à la fac. C'était ma dernière année et j'avais déjà tout prévu : je savais quelle direction je voulais donner à ma vie. Épouser Steve et déménager à Ponder, ça ne faisait pas partie du plan.

J'étais bien placée pour comprendre…

— Qu'est-ce qui t'a fait changer d'avis ?

— Steve. Je n'avais jamais rencontré quelqu'un comme lui. Il était gentil, fort, indépendant. Je pensais à lui sans arrêt. Mes résultats ont commencé à chuter. Mes parents s'inquiétaient. Ils avaient peur que je n'obtienne pas mon diplôme. Je passais tellement de temps à penser à Steve que mes études en souffraient.

— Mais tu as obtenu ton diplôme ?

— De justesse. Mes parents avaient toutes les raisons de se faire du souci : entre les appels et les e-mails, je négligeais tout le reste. J'étais dans tous mes états. Un jour, j'étais sur un petit nuage, et le lendemain, j'étais au trente-sixième dessous. Mais j'ai quand même réussi à valider mon année. Steve avait promis de venir à ma cérémonie de remise de diplôme. Non seulement il a tenu sa promesse, mais il est venu avec une bague de fiançailles. Il avait demandé à mes parents l'autorisation de m'épouser avant de me faire sa demande.

À mesure qu'elle parlait, le regard d'Angie se perdait dans le vague.

— Je ne l'avais pas vu depuis que j'avais quitté Fairbanks et je n'étais pas sûre de ce que je ressentirais quand on se retrouverait, mais tu sais quoi ? À la minute où je l'ai vu, c'était comme si rien n'avait changé. C'était incroyable. Et j'ai su que c'était l'homme que j'aimerais jusqu'à la fin de mes jours.

— Mais…

Elle ne me laissa pas le temps de protester.

— Je sais ce que tu es sur le point de me dire, parce que ma mère a dit la même chose à l'époque : elle pensait que c'était de la folie, que je gâcherais des années d'études en venant m'enterrer dans une ville désolée d'Alaska.

C'était exactement ce que je pensais. Angie avait étudié quatre ans pour obtenir son diplôme, tout ça pour épouser Steve et s'installer à Ponder ? Je comprenais l'inquiétude de sa famille.

— Qu'est-ce que tu as étudié, au fait ? lui demandai-je, au lieu de dire ce que je pensais vraiment.

— La littérature anglaise. Tout le monde croyait que je deviendrais enseignante une fois mon diplôme en poche. À l'origine, c'était le plan. J'adorais l'écrit et je voulais partager mon enthousiasme avec les plus jeunes.

— Mais il n'y a pas d'école, ici.

— Non. Mason en est à la moitié du programme de maternelle et Oliver va bientôt commencer le programme du CP. Ils sont scolarisés à domicile. Les cours se font sur Internet, comme presque tout le reste par ici.

— Dans ce cas, comment tu utilises ta formation ?

J'avais été tellement occupée par mon travail à l'hôtel que je n'avais jamais eu le temps de discuter avec Angie, et j'avais plein de questions sur sa vie à Ponder.

Elle sourit, comme si elle s'attendait à ce que je demande ça.

— J'écris des romans sous mon nom de jeune fille. Angela Wellington.

Le nom sonnait familièrement à mon oreille…

— Angela Wellington… répétai-je tout bas, avant d'écarquiller les yeux. Mais je te connais ! Tu écris des fictions historiques ! J'ai lu deux de tes romans.

J'étais sous le choc. Hébétée. Je devais faire une drôle de tête car Angie éclata de rire.

— Jamais je n'aurais envisagé une carrière d'écrivain si je n'avais pas épousé Steve et emménagé ici.

Ça alors… Jamais je n'aurais cru que je vivais au même endroit que la célèbre auteure Angela Wellington.

— Comment tu t'es lancée dans l'écriture ?

— Ça s'est fait tout seul. J'ai beaucoup bouquiné pendant le premier hiver. Une de mes lectures m'a inspirée et j'ai regretté l'absence de suite. Steve a suggéré que j'écrive ma propre histoire. J'ai commencé quand j'étais enceinte de Mason. Je pense que j'ai été la première surprise lorsqu'un éditeur a accepté mon manuscrit. En général, ce n'est pas comme ça que ça marche. De nombreux écrivains mettent des années avant de vendre une histoire, mais j'ai réussi à vendre la première. Une amie qui écrit, elle aussi, m'a dit que c'était injuste parce que je n'avais pas assez souffert.

Je ris à mon tour. Les fois où nous nous étions croisées, je l'avais trouvée sympathique. Et cette conversation ne faisait que renforcer cette impression.

— J'ai écrit trois livres au cours des quatre dernières années, continua-t-elle. J'écris le quatrième en ce moment, mais c'est plus difficile de trouver du temps maintenant que les garçons grandissent. Alors je travaille pendant qu'ils font la sieste ou tôt le matin, avant qu'ils se réveillent. En dehors de cela, je leur consacre mes journées. Mes enfants et mon mari sont ma priorité.

— Je n'avais pas la moindre idée de ce que tu faisais.

— Disons que je ne le crie pas sur tous les toits. Mais j'adore écrire et raconter des histoires.

Elle détourna le regard, hésita un instant, puis ajouta :

— Et j'adorerais vous voir ensemble, Palmer et toi. Je ne l'ai jamais vu aussi heureux qu'au cours des six derniers mois. Ce n'est plus le même homme.

— Je ne pense pas que je pourrais construire une vie ici, Angie… J'ai toujours vécu à Seattle et il y a si peu de choses à faire à Ponder…

— Il y a Palmer, me rappela-t-elle. Tu l'aimes, n'est-ce pas ?

— Oui, mais j'ai un emploi qui m'attend. J'ai signé un contrat.

— Alors vas-y. C'est ce que j'ai fait : j'ai terminé la fac. Tu as besoin de cette séparation, et Palmer aussi. Si le lien qui vous unit est réel, le temps te le confirmera. Tu n'as pas à te décider dans la minute. Cela ne vous fera pas de mal de mettre un peu de distance entre vous pendant quelque temps.

Angie était la voix de la raison. En effet, je n'étais pas obligée de prendre ma décision tout de suite. Palmer avait accepté mon départ, il m'avait même trouvé un moyen de regagner Seattle : cela prouvait qu'il comprenait mes motivations. Je me mettais la pression toute seule.

À force de réfléchir, je réalisai que c'était la meilleure chose à faire. Une fois à la maison, j'aurais les idées plus claires. Néanmoins, il restait un problème à résoudre. J'avais toujours voulu devenir chef. J'avais travaillé dur pour en arriver là. Alors même mes sentiments pour Palmer prenaient le pas sur le reste, aurais-je envie de tirer un trait sur mes rêves ? Je n'étais pas certaine de pouvoir exercer mon art à Ponder, comme Angie l'avait fait. Aucune opportunité de carrière ne m'attendait ici.

Le reste de la matinée défila à toute vitesse. Quand arriva l'heure du déjeuner, j'aurais pu jurer que l'on venait à peine de commencer à discuter. Je pris congé d'Angie, car l'heure de la sieste des enfants approchait, puis je me remis en route pour l'hôtel.

Évidemment, je croisai Jack en chemin.

— J'ai vu que tu étais chez Angie, dit-il en calant son pas sur le mien.

— Oui, j'ai passé un très bon moment.

J'étais sur le point de le remercier de nous avoir mises en contact, mais il ne m'en laissa pas le temps.

— Alors, qu'est-ce qu'il y a pour le déjeuner ?

— Il reste du ragoût de caribou, lui rappelai-je. J'ai congelé les restes pour toi. Et je ne suis pas censée utiliser la cuisine des Brewster pour te faire à manger.

À ma surprise, il acquiesça.

— Je suis d'accord. Tu devrais venir chez moi pour cuisiner. Il faut que tu manges, et moi aussi. Je serais ravi de fournir toutes les provisions dont tu as besoin en échange d'un repas fait maison.

Je l'examinai d'un air soupçonneux. Dans quel état pouvait bien être sa cuisine ?

— Quel est le problème ? grommela-t-il. Ça me paraît honnête, comme proposition.

— Montre-moi d'abord ta cuisine.

— Pas de problème. Je me disais qu'on aurait pu manger des spaghettis à l'élan pour le dîner ?

En tant que chasseur, Jack avait un congélateur rempli de viande de gibier, et aussi de saumon, de flétan, et d'autres trésors dont regorgeaient les eaux d'Alaska.

Je soupirai.

— Tu n'as jamais entendu parler de ce truc qu'on appelle la viande de bœuf ?

— Si. Simplement, je n'ai jamais vu une vache en Alaska. Autrement, je serais enchanté d'en manger une. Alors, tu viens, oui ou non ?

Je hochai la tête et le suivis jusqu'à son chalet. Je fus agréablement surprise de découvrir une cuisine propre et bien organisée. Mon visage dut trahir mes pensées, car Jack me lança :

— On peut savoir pourquoi tu as l'air aussi étonnée ?

— Étonnée, moi ? Pas du tout ?

Je relevai mes manches et me mis au travail. Je devais reconnaître que c'était un plaisir de cuisiner pour quelqu'un qui appréciait autant la nourriture. Nous passâmes une excellente soirée. Ces moments me manqueraient. Et ils ne seraient pas les seuls.

CHAPITRE 7

Palmer

Une fissure était apparue dans la lame que j'avais si soigneusement forgée. Quand je m'en aperçus, je laissai échapper un grognement de frustration. J'avais passé des semaines à travailler sur cette réplique de la guerre de Sécession, des heures à la polir à la perfection, et maintenant, je n'avais plus qu'à tout recommencer. Je doutais de réussir à la terminer avant Noël, désormais.

Tout ça, c'était la faute de Josie. Je pensais à elle sans arrêt et j'étais distrait. De plus, j'avais commis l'erreur d'aller glaner des informations sur Anton sur Internet et, depuis, j'étais habité par le doute. Ce type avait tout. Une grande carrière, des restaurants qui ne désemplissaient pas. Il était sûrement riche et, pour couronner le tout, il était célibataire et séduisant.

J'avais envie de le prendre en grippe. Ce qui n'avait aucun sens, d'autant que cela ne me ressemblait pas.

Mais je n'arrivais pas à dépasser ma peur de voir Josie tomber sous son charme. Ils travailleraient côte à côte à longueur de journée. Quoi de plus naturel pour deux personnes avec le même métier et les mêmes passions ? C'était ridicule et je le savais, mais je ne pouvais pas m'en empêcher : j'étais horriblement jaloux d'un homme que je ne connaissais pas et que j'espérais d'ailleurs ne jamais rencontrer.

Je savais que je devais aider Josie à rentrer à Seattle. Je l'aimais et je refusais de la voir passer à côté de cette opportunité. Mais je n'avais pas pris Anton en considération jusqu'alors. Et depuis, je ne cessais de penser qu'ils allaient finir par sortir ensemble.

Un nœud se forma dans mon estomac. Je n'étais pourtant pas du genre à douter, d'habitude. Ce n'était pas dans ma nature. Comme Josie partait bientôt, j'essayais de donner le change. Si elle tombait amoureuse de ce type, c'est tout simplement qu'elle n'était pas celle que je recherchais. Néanmoins, ce raisonnement ne calmait pas mon angoisse.

Jack m'avait raconté que Josie et Angie avaient passé du temps ensemble, et ça, c'était une bonne nouvelle. L'histoire de Steve et Angie l'influencerait peut-être… Steve était un ami de longue date et je me souvenais de l'époque à laquelle il avait rencontré Angie. Il était tout de suite tombé fou amoureux d'elle. Ils avaient fait connaissance quelques jours à peine avant le retour d'Angie pour l'Oregon. Un tas d'autres étudiants avaient sans doute eu envie de sortir avec elle, mais Steve n'avait jamais laissé cette pensée le perturber, du moins pas à ma connaissance. Ils avaient discuté chaque jour, échangé par e-mail, sans jamais perdre le contact. J'étais déterminé à en faire autant : je m'assurerais d'être toujours dans ses pensées.

Hobo interrompit le cours de mes pensées par un gémissement : il avait besoin de sortir. Une pause ne me ferait pas de mal, à moi non plus. J'attrapai mon manteau accroché derrière la porte et l'emmenai en promenade.

L'épaisse couche de neige craquait sous mon poids et mes bottes laissaient des traces profondes. En approchant du centre-ville, j'aperçus Josie. Elle était devant le chalet de Steve et Angie, occupée à jouer avec Oliver, leur fils cadet. Je restai figé sur place à observer la scène. J'étais fasciné par ce spectacle et je me surpris à rêver qu'un jour, elle jouerait peut-être avec un enfant qui serait le nôtre.

Josie dut sentir ma présence car elle regarda dans ma direction et le sourire qu'elle m'adressa aurait pu faire fondre toute la neige tombée ces derniers jours. Alors qu'elle levait la main pour me saluer, Oliver lui lança une boule de neige qui l'atteignit dans le ventre. Elle éclata de rire avant de se lancer à sa poursuite. Elle ne tarda pas à le rejoindre et à le soulever pour le faire voler dans les airs.

Je n'aurais pas pu l'aimer davantage qu'à cet instant. J'avais la sensation que mon cœur fondait dans ma poitrine. Je ne savais pas comment j'allais pouvoir supporter son départ. Je savais seulement que ce moment arriverait bien trop tôt.

Quand il vit Oliver et Josie, Hobo se rua vers eux en aboyant. Je n'avais pas d'autre choix que de le suivre, et j'espérais que Josie ne percevrait pas ma vulnérabilité à son égard.

Oliver jouait avec Hobo pendant que je rejoignais Josie.

— Salut, lui dis-je d'un ton inhabituel.

Son sourire était éclatant et je luttai pour ne pas l'embrasser.

— Je prépare à dîner chez Jack ce soir. Est-ce que tu veux te joindre à nous ?

Jack s'était invité sans arrêt à manger chez moi, je n'hésitai pas une seconde :

— Avec plaisir. À quelle heure ?

— On passera à table quand tu arriveras.

— D'accord.

Pourquoi, *pourquoi* fallait-il qu'elle soit aussi parfaite ?

— Palmer ? Palmer ?

Oliver était en train de tirer sur mon manteau. J'étais tellement absorbé par mon échange avec Josie que j'en avais presque oublié sa présence.

Je m'accroupis pour être au même niveau que lui. Ses joues étaient rosies par le froid.

— Oui, Oliver ?

— Est-ce que Hobo peut rester jouer avec nous ?

L'espoir se lisait sur son visage joufflu. J'interrogeai Josie du regard.

— Ça ne me pose pas de problème, assura-t-elle. Tant que ça ne te dérange pas.

— Absolument pas. Amusez-vous bien.

— Veux-tu que je le ramène chez toi lorsqu'on aura fini de jouer ?

Hobo était parfaitement capable de rentrer tout seul à l'atelier, et Josie le savait. C'était sans doute un prétexte pour passer me voir, sans pour autant risquer de me déranger. Ravi de cette opportunité, je lui répondis par l'affirmative.

Au moment où Josie serra délicatement ma main, mon cœur manqua d'exploser. Comment allais-je pouvoir la laisser partir ?

Quand elle ramena Hobo un peu plus tard, nous passâmes plus de temps à nous embrasser qu'à discuter. Quand elle s'en alla, trois heures s'étaient écoulées.

Je décidai de me remettre au travail. Après un examen approfondi, il apparut clairement que la fissure était irréparable : je devais tout recommencer à zéro. C'était la commande la plus prestigieuse que j'avais reçue à ce jour et je devais livrer un résultat à la hauteur de la confiance que l'on me témoignait : absolument irréprochable. J'étais sur le point de m'y remettre quand la porte de l'atelier s'ouvrit sur un Jack d'humeur visiblement joviale. Hobo quitta son panier pour saluer mon ami.

— Je suis occupé, déclarai-je aussitôt.

— J'ai vu que Josie était passée.

— Oui.

Sans faire attention à lui, je remis du bois sur les braises pour relancer le feu et fondre l'acier.

— Elle m'a dit qu'elle t'avait invité à dîner.

— Oui.

— Chez moi.

— Je sais.

— C'est elle qui cuisine.

— Je suis au courant.

— Tu vas venir ?

— Je vais venir. Écoute, Jack, je dois vraiment me remettre au boulot. On se voit plus tard, d'accord ?

De la tête, je lui indiquai le chemin de la sortie, dans l'espoir qu'il comprenne le message. Il enfouit ses mains dans ses poches et traîna les pieds.

— Tu vas vraiment la laisser partir ?

— Je n'ai pas trop le choix. Ce n'est pas comme si je pouvais la kidnapper et la forcer à rester.

Il écarquilla les yeux.

— Toi non, mais moi oui.

— Tu es complètement cinglé.

— Bien sûr, elle serait un peu contrariée les premiers jours, mais ça ne durerait pas. Inutile de lui dire que tu étais dans le coup. Je ne l'attacherais pas ni rien, je l'enfermerais juste dans la cuisine. Avec les mains liées, elle ne pourrait pas cuisiner. Qu'est-ce que tu en penses ?

— J'en pense que tu délires à plein tube. Ne t'avise pas de faire quoi que ce soit d'aussi stupide. Josie ne te le pardonnerait jamais, moi non plus, et en plus ça finirait par me retomber dessus.

Ses épaules s'affaissèrent.

— J'avais peur que tu réagisses comme ça.

— Je ne plaisante pas, Jack. Pas de kidnapping et pas de coup tordu d'aucune sorte. Promis ?

— Promis, grommela-t-il en se dirigeant vers la porte. Josie a dit qu'on t'attendrait pour passer à table. Je n'aime pas manger tard alors fais en sorte d'arriver à une heure raisonnable.

— Je ferai de mon mieux.

Je ne m'arrêtai de travailler qu'un bon moment après le coucher du soleil. Et j'imaginais Jack en train de faire les cent pas.

Mon dernier repas remontait à des heures et je mourais de faim. Plus tôt dans la semaine, Jack m'avait apporté une miche de pain frais faite par Josie. Il sortait du four et était encore chaud, si bien que le beurre avait fondu et imprégné la mie de mes tartines. C'était délicieux. J'avais dévoré la miche en deux jours, tout en imaginant Josie en cuisine, en train de pétrir la pâte et de lui donner sa forme avant de la mettre au four. J'espérais qu'elle aurait le temps d'en refaire avant de partir, même si je savais que je devrais me chamailler avec Jack pour avoir ma part.

Je me mis en route, sans Hobo. Arrivé devant chez Jack, je frappai à la porte et j'entrai sans attendre d'y être invité. Une délicieuse odeur de chili m'accueillit.

Assis près de la cheminée, Jack bondit sur ses pieds.

— Il était temps, lança-t-il, exaspéré. J'ai l'estomac aussi creux qu'un puits vide. Tu veux que je meure de faim, ma parole. Ça t'arrive de regarder ton portable ?

— Comment ça, mon portable ?

— Jack t'a envoyé un texto, expliqua Josie.

— Tu sais envoyer des textos, maintenant ?

— Josie m'a appris, et je ne t'en ai pas envoyé un. Je t'en ai envoyé six.

Je retins un sourire.

— Je suis désolé d'être en retard.

— Tu devrais. Je t'ai dit que je n'aimais pas manger tard.

Il était déjà assis à table, la fourchette à la main, comme pour nous indiquer qu'il attendait d'être servi.

Je suivis Josie dans la cuisine.

— Je peux t'aider ?

Elle me tendit du pain de maïs.

— Tu peux amener ça à table, mais maintiens-le à l'écart de Jack. Il en a déjà mangé la moitié.

Voilà qui n'était guère étonnant.

— Pas de problème.

J'apportai le pain et le posai aussi loin de Jack que possible, pendant que Josie apportait une marmite de chili, qu'elle posa au milieu.

Jack baissa la tête et dit le bénédicité, à sa sauce.

— De bons amis, de la bonne viande. Mangeons, merci mon Dieu !

Je ris sous cape et me servis en pain avant de passer le plat à Josie. Elle m'interrogea sur l'épée et très vite la discussion et les rires s'engagèrent. C'est ce que j'aimais le plus chez elle : le naturel.

À la fin du repas, Josie et moi fîmes la vaisselle tandis que Jack préparait une partie de yam's, son jeu préféré. Nous jouâmes pendant une heure et Jack gagna les deux parties. Nous serions sans doute restés plus longtemps si Jack n'avait pas bâillé bruyamment pour nous indiquer qu'il était temps de partir. Josie rangea les dés, je mis mon manteau et l'aidai à enfiler le sien. Nous souhaitâmes une bonne nuit à Jack, puis nous le laissâmes seul.

Josie et moi prîmes le chemin de l'hôtel, bras dessus, bras dessous. Pendant quelques minutes, nous gardâmes le silence.

— Je voulais…

— Je suis…

— Toi d'abord.

— J'allais te dire combien j'ai apprécié de passer l'après-midi avec toi.

Je repensai aux baisers que nous avions échangés et aux livres dont nous avions discuté. Cela me rappela à quel point ma vie me semblerait vide après son départ.

— Moi aussi.

— C'était vraiment une belle journée. Je suis très contente d'avoir fait plus ample connaissance avec Angie.

— C'est vrai, tu m'as dit avoir passé un bon moment avec elle.

Elle fixa le bout de ses bottes.

— Angie m'a raconté sa rencontre avec Steve et comment ils étaient restés en contact à son retour à la fac.

— J'espère que...

Elle marqua une pause, hésitante.

— Ce que je veux dire, c'est que... ce n'est pas parce que je retourne à Seattle que ça signifie que c'est la fin pour nous.

Une vague d'optimisme me submergea.

— Je ne veux pas que ce soit la fin.

Elle tourna la tête vers moi, son visage illuminé par la lumière de la lune.

— Tu me donneras de tes nouvelles, alors ?

— Bien sûr ! Et toi ?

— Évidemment. Mais il faudra être patient avec moi. Je vais avoir beaucoup de responsabilités en travaillant *Chez Anton*.

— Le restaurant s'appelle *Chez Anton* ?

À ma surprise, Josie rit.

— Qu'est-ce qu'il y a de drôle ?

— Quand tu as dit son nom, tu avais la tête de quelqu'un qui vient de sucer un citron. Tu as un souci avec lui ? Depuis que tu t'es renseigné sur lui sur Internet, tu es bizarre dès que je prononce son nom.

Elle avait raison. J'avais du mal à cacher ce que m'inspirait ce type.

— Il peut te donner des choses que je ne serai jamais en mesure de t'apporter.

— Tout ce qu'il m'offre, c'est un *travail*, Palmer. Ce n'est pas comme s'il y avait quoi que ce soit de romantique entre nous.

Pas encore, tu veux dire.

À l'approche de l'hôtel, je regardai Josie. Elle plongea ses yeux dans les miens et l'espace d'un instant, je fus si frappé par sa beauté que j'en oubliai de respirer.

— Je pars bientôt, murmura-t-elle.

Le regret que je perçus dans sa voix me réconforta un peu.

— Vendredi prochain, complétai-je.

Je redoutais déjà ce jour.

Josie glissa son bras sous le mien et pressa sa tête contre mon épaule. Nous continuâmes d'avancer lentement vers l'hôtel.

— Je ne te raconte pas comme tu vas me manquer, chuchota-t-elle.

Il me sembla entendre sa voix se briser. Au moment où je m'apprêtais à la prendre dans mes bras, elle se précipita à l'intérieur de l'hôtel. Sous le choc, je restai planté là, pendant que la neige commençait à tomber. Elle allait tellement me manquer.

CHAPITRE 8

Josie

Après ce soir-là, je passai tout mon temps libre avec Palmer. Il devait travailler sur l'épée qu'on lui avait commandée, je le laissais donc seul le matin, puis le rejoignais à midi pour manger avec lui. Nous parlions, nous riions, et le temps filait à toute allure.

Même si je n'avais pas beaucoup d'expérience en matière d'hommes, jamais je n'avais rencontré quelqu'un avec qui je me sentais aussi bien. Il me racontait des histoires sur son père, qui avait travaillé pour l'armée en Alaska et voyagé dans le monde entier, pendant que le reste de la famille était resté dans une ville à une centaine de kilomètres au nord de Fairbanks. En plus de ramener des souvenirs pour Palmer et sa sœur Alicia, il revenait aussi avec des récits de ses voyages au Liban, en Jordanie, en Italie, pour ne citer que ces quelques pays. Une fois adulte, Palmer avait été heureux de rester en Alaska, même s'il avait brièvement travaillé dans les îles Aléoutiennes avant de s'installer à Ponder. Ses parents vivaient à Anchorage depuis leur retraite, mais ils continuaient à voyager. Alicia, de deux ans son aînée, était mariée. Elle avait fondé une famille à Fairbanks. D'après ce que j'avais compris, Palmer et sa sœur étaient très proches.

Nous passions nos soirées dans son chalet, chacun avec un livre, heureux d'être côte à côte, tout simplement. Palmer avait une solide culture littéraire et nous discutions souvent des livres que nous lisions, nous comprenant en quelques mots. Quiconque ne nous connaissait pas aurait pu nous prendre pour un vieux couple marié, tellement à l'unisson que les mots n'étaient pas nécessaires. Lorsqu'il me raccompagnait à l'hôtel le soir, il me prenait dans ses bras et m'embrassait jusqu'à ce que mes jambes menacent de se dérober sous moi. Et chaque soir, c'était de plus en plus difficile de le laisser repartir seul chez lui.

Au fond de moi, je savais que Palmer espérait me voir changer d'avis et rester. Néanmoins, il ne m'avait pas reposé sa fameuse question, ce dont je lui étais reconnaissante. Parce que sincèrement, je n'étais pas sûre de réussir à dire non une seconde fois.

Même si rester était tentant, je craignais de regarder en arrière un jour et de le regretter. Voilà ce qui me bloquait. J'avais peur de repenser à ma décision et de regretter de laisser passer cette opportunité. Le désir de poursuivre mes rêves l'emportait sur la tentation.

Tout était passé si vite et il ne restait qu'une journée avant que l'avion de Sawyer se pose sur le lac gelé. Mes valises étaient prêtes, mes tiroirs vidés, mon vol entre Fairbanks et Seattle réservé. Ma mère comptait les heures avant de pouvoir me serrer dans ses bras.

De mon côté, j'étais partagée entre mon impatience de retrouver Seattle et l'envie de rester. Je changeais d'avis sans arrêt.

Angie et Steve avaient invité Jack et Palmer pour ma dernière soirée. Je n'étais pas d'humeur festive. Je me demandais bien comment j'allais faire pour ne pas fondre en larmes.

En sortant de l'hôtel, je trouvai Palmer qui faisait les cent pas devant la porte, les poings serrés, visiblement nerveux.

— Palmer ?

Il s'arrêta d'un coup et pivota pour me faire face.

— Tu es prête ?

— Palmer, est-ce que ça va ?

Je pouvais facilement deviner ce qui le tourmentait. Lui aussi détestait l'idée de me voir partir le lendemain matin. Néanmoins, aucun de nous ne fit de commentaire. Pourquoi rendre les choses encore plus difficiles qu'elles ne l'étaient déjà ? Il se força à sourire et moi à retenir mes larmes. Si je laissais mes émotions prendre le dessus maintenant, toute la soirée serait gâchée. Je refusais de me montrer larmoyante devant mes amis.

Palmer dut percevoir la tristesse dans mon regard, car il me prit dans ses bras et me serra comme s'il allait ne jamais me lâcher.

— Tout va bien se passer, dit-il avant de me lâcher à contrecœur.

— Non. C'est de la torture, Palmer. Je suis amoureuse de toi et maintenant, je suis malheureuse comme les pierres.

— Pense à Seattle. Pense à ton travail avec Allen.

Il sourit en prononçant son nom. Il faisait exprès de se tromper pour me taquiner.

— On trouvera un moyen, assura-t-il.

— Tu viendras me voir ?

Je savais qu'il souhaitait livrer l'épée en mains propres. La personne qui la lui avait commandée vivait sur la côte est et il avait prévu de la lui apporter en décembre. C'était la période idéale pour faire une escale à Seattle.

Je m'accrochai à son cou et me hissai sur la pointe des pieds pour l'embrasser.

— Ne pleure pas, murmura-t-il d'un air suppliant. Tes larmes, c'est pire que de la kryptonite.

— Je n'y peux rien si tu te prends pour Superman, réussis-je à plaisanter.

Nous nous écartâmes l'un de l'autre à contrecœur. Nous devions nous mettre en route pour ne pas être en retard. Palmer passa son bras autour de mes épaules et m'attira contre lui. Je m'appuyai contre son corps puissant, en espérant qu'il me donne de la force.

— On ferait mieux d'y aller, c'est l'heure.

Aller à une fête était la dernière chose dont j'avais envie, surtout une fête en mon honneur.

En dépit de ma mauvaise humeur initiale, nous passâmes une merveilleuse soirée. Angie et Steve étaient des hôtes charmants. Angie avait concocté un dîner délicieux, puis prévu des jeux amusants aussi bien pour les adultes que pour les enfants.

Quand l'heure d'aller au lit arriva pour Mason et Oliver, Steve porta ses fils jusqu'à leur chambre, à l'étage. Jack et Palmer se joignirent à eux, recrutés par les garçons pour leur lire une histoire avant de dormir.

Je restai avec Angie pour l'aider à débarrasser et à tout mettre dans le lave-vaisselle.

— Ça ne va pas être facile de partir demain matin.

— Je me rappelle quand Steve m'a conduite à l'aéroport, après ces trois jours passés ensemble. On se connaissait à peine et j'étais déjà à moitié folle de lui. On avait tellement de mal à se dire au revoir que j'ai failli rater mon avion. Et regarde où nous en sommes aujourd'hui… Je sais que ça peut paraître banal, mais je pense vraiment que ce qui doit arriver, arrivera.

Si elle savait à quel point j'avais envie de la croire…

— Je suis tellement triste…

— Je sais ce que tu ressens, crois-moi, répondit Angie en me tapotant gentiment l'épaule. Je suis passée par là. Moi aussi, j'ai dû partir, et ça ne nous a pas empêchés de finir ensemble. Je suis convaincue que ce sera pareil pour Palmer et toi.

— Veille sur lui, tu veux bien ?

J'avais besoin de savoir que quelqu'un prendrait soin de lui après mon départ.

— Bien sûr.

— Il travaille trop et il saute des repas.

— Je m'assurerai qu'on l'invite à dîner au moins une fois par semaine.

— Et Jack ?

— Tu veux que je nourrisse Jack aussi ? s'écria-t-elle avec une horreur feinte. Il mange davantage qu'une famille de grizzlis !

Des larmes affluaient et je faisais tout mon possible pour les refouler.

— Ah non, pas de larmes ! ordonna Angie en se tamponnant les yeux avec son torchon. Si tu commences, on va finir en pleurs toutes les deux.

Elle avait raison. Nous rîmes entre nos larmes, comme si nous n'arrivions pas à décider quelle émotion, entre la joie et la tristesse, remporterait la partie.

— Je te donnerai des nouvelles, promis-je.

— Moi aussi.

Angie se tourna vers l'évier. Puis, comme en proie à un besoin irrépressible de partager avec moi les réalités de la vie dans la toundra, elle ajouta :

— Si tu décides d'épouser Palmer, il faut que tu saches que ce ne sera pas toujours facile de vivre ici. Il y a des limites aux miracles que l'amour peut accomplir.

— Tu t'es adaptée, pourtant.

Néanmoins, j'appréciais sa mise en garde. Même si j'avais apprécié les six mois passés ici, c'était loin d'être un paradis terrestre. C'était la première fois que je vivais dans un endroit sans marché et sans centre médical. Sans parler du bureau de poste qui fermait pendant l'hiver… je n'avais jamais vu une chose pareille.

— Steve m'avait demandé de nous donner un an, expliqua Angie. Si, à la fin de la première année, je souhaitais déménager, alors on partirait pour une ville plus grande.

— Mais tu as choisi de rester.

— Oui. Pourtant, j'étais enceinte de Mason avant notre premier anniversaire et j'étais inquiète à l'idée de mener ma grossesse à terme dans un endroit aussi reculé. Mais j'aimais déjà trop la ville et ses habitants. Comment aurais-je pu quitter Lilly ou Jack ou les autres amis que je m'étais faits ? Ponder était devenu ma maison, à moi aussi.

— La différence, c'est que tu as trouvé un moyen d'utiliser ton diplôme ici. Je ne peux pas compter sur ce genre d'opportunité.

Je pourrais toujours cuisiner pour l'hôtel, mais avec les sacrifices consentis pour obtenir mon diplôme, je ne pouvais pas m'en contenter. Angie évoqua la possibilité de tenir un blog culinaire, mais avec le peu de produits frais dans l'année, cela me semblait difficilement tenable. D'un point de vue professionnel, peu de perspectives s'ouvraient à moi ici.

Les hommes redescendirent au moment nous finîmes de tout ranger. Une fois rassemblés autour de la cheminée, Steve sortit une bouteille de vin.

— Je la gardais pour une occasion spéciale. J'imagine que le départ de Josie en est une… même si je pense pouvoir affirmer qu'aucun de nous n'a envie de fêter ça, précisa-t-il en soupirant.

Angie s'approcha de son mari et passa ses bras autour de lui.

— Alors… J'ai une bonne nouvelle. Il semblerait que Mason et Oliver vont être grands frères.

Il fallut quelques secondes à Steve pour assimiler l'information. Lorsqu'il comprit qu'il allait devenir papa pour la troisième fois, il poussa un cri de joie et attrapa Angie par la taille pour la faire tournoyer.

Je serrai Angie dans mes bras pendant que Jack et Palmer félicitaient Steve, à grand renfort de tapes dans le dos. Steve servit du vin à tout le monde, à l'exception d'Angie qui prit un jus de pomme, et nous trinquâmes en l'honneur du futur habitant de Ponder.

À la fin de la soirée, Palmer me raccompagna à l'hôtel. Nous fîmes le trajet, collés l'un contre l'autre.

— Sawyer a dit qu'il atterrirait vers 9 h 30, au lever du soleil.

Il n'avait pas besoin de me le rappeler… J'aurais aimé qu'il vienne plus tard. J'aurais aimé repousser mon départ autant que possible.

— Est-ce que tu veux bien m'accompagner jusqu'au dock demain matin ? demandai-je, dans l'espoir de glaner quelques minutes supplémentaires en sa compagnie.

À ma surprise, il me regarda d'un air hésitant et ne répondit pas.

— Palmer ?

— Je suis désolé, Josie, mais je ne suis pas sûr d'en être capable.

Je comprenais sa réticence. Mais j'étais tout de même peinée de son refus.

— Si je viens te dire au revoir, je ne sais pas si j'aurai la force de te laisser partir. Il vaut peut-être mieux faire ça maintenant.

Cela ne me plaisait pas, mais il n'avait pas tout à fait tort.

Il me prit dans ses bras et m'embrassa dans le cou.

— J'ai un dernier service à te demander.

— Tout ce que tu voudras, murmurai-je en luttant contre une affreuse envie de pleurer.

— Une fois que tu seras à Seattle… je ne veux rien savoir sur Allen.

— Anton.

Il arbora un sourire penaud.

Je n'étais pas certaine de comprendre ce qu'il me demandait ni pourquoi il le faisait.

— Tu ne veux pas que je te parle de lui ? Pour quelle raison ?

Palmer recula d'un pas et passa la main dans sa barbe, l'air malheureux comme les pierres.

— Il est parfait pour toi et…

Je n'en croyais pas mes oreilles.

— Palmer ! Je…

— Non, écoute-moi, s'il te plaît. Il est tout ce que je ne suis pas et je suis déjà jaloux de tout le temps qu'il va passer avec toi, alors que tu n'as même pas encore commencé à travailler pour lui. Je sais bien que je parle comme un gamin pleurnichard et je m'en excuse. Mais je pense que ça vaut mieux pour moi et ma santé mentale si tu gardes pour toi les détails de votre relation.

— Je vais à Seattle pour travailler, pas pour sortir avec lui. Jamais je ne ferais une chose pareille. Jamais je ne mélangerais mon travail et ma vie personnelle. Tu n'as aucun souci à te faire.

— L'avenir nous le dira.

J'étais abasourdie. J'ignorais ce qu'il avait lu sur Anton qui lui faisait croire que je puisse tomber sous le charme du restaurateur, mais je n'étais pas une ado capricieuse. C'était *Palmer* que j'aimais.

— Il faut que tu me fasses confiance. Premièrement, il ne m'attire absolument pas, et deuxièmement, jamais je ne prendrais le risque de compromettre ma carrière en sortant avec mon patron.

— Tu dis ça maintenant, mais…

— Palmer. Tu es ridicule.

— Peut-être.

— Non, pas peut-être ! C'est toi que j'aime.

Je voulais continuer à me défendre, mais Palmer savait que le moyen le plus efficace de m'interrompre était de me prendre dans ses bras pour un dernier baiser. Et quel baiser… Après ça, aucun risque de l'oublier.

Le lendemain matin, je fermai soigneusement l'hôtel. J'avais promis aux Brewster de leur envoyer la clé par la poste en arrivant à Seattle. J'étais déjà sur le quai quand l'avion atterrit. Une fois le moteur coupé, le pilote fit glisser l'avion sur la glace dans ma direction. Sawyer descendit et attacha l'avion au dock.

— Vous devez être Josie.

— C'est moi.

— Vous êtes prête ?

J'avais l'impression qu'on me posait une question cruciale. Et comme j'étais incapable de prononcer le moindre mot, je me contentai de hocher la tête. Je lui tendis mes bagages, qu'il chargea à l'arrière de l'avion avant de m'aider à monter à bord.

Installée sur mon siège, j'attachai ma ceinture et regardai Ponder par la fenêtre. Des larmes roulèrent sur mes joues en entendant le vrombissement du moteur. Quelques minutes, nous survolions le lac.

Tandis que j'observais une dernière fois la ville éclairée par la lumière du matin, j'aperçus une silhouette en contrebas, le visage levé vers le ciel.

Même sans son manteau et sans Hobo à ses côtés, je l'aurais reconnu.

CHAPITRE 9
Palmer

J'avais l'impression que Josie était partie depuis une éternité. Au début, nous nous contactions presque tous les jours. De longues conversations qui duraient parfois deux heures. Jamais je n'aurais cru ça possible, mais c'était comme si nous avions toujours quelque chose à nous raconter. Nous parlions de notre enfance, de notre avenir, de nos rêves et de nos objectifs. Josie tenait sa promesse : elle n'évoquait jamais Anton, ce dont je lui étais reconnaissant.

J'avais repensé la conception de l'épée et j'avançais rapidement. J'étais fier du travail que j'avais effectué jusqu'alors. Même si ce n'était pas du tout son univers, Josie m'écoutait attentivement quand j'évoquais mon métier et semblait sincèrement intéressée. De son côté, elle me parlait du menu qu'elle avait créé, de l'inauguration du restaurant qui avait été un succès. Il y avait eu quelques hic en cuisine et avec le personnel en salle au cours des derniers jours. À l'entendre, Josie avait arrondi les angles avec professionnalisme et sans froisser le moindre ego, ce qui n'était pas chose facile dans ce métier.

Au fur et à mesure des jours, néanmoins, elle était de plus en plus fatiguée et ses appels se faisaient de plus en plus tardifs. Je ne lui posais pas la question, mais je me demandais comment sa majesté le chef Anton contribuait au bon fonctionnement du restaurant. D'après tout ce que Josie me racontait, j'avais le sentiment que c'était elle qui endossait le poids de toutes les responsabilités, mais je n'y connaissais strictement rien en matière de restauration. Peut-être trimait-il aussi ?

C'était Thanksgiving et Josie devait passer la journée au restaurant, étant donné que c'était un des temps forts de l'année. Elle me manquait tellement que j'avais envisagé de prendre l'avion pour Seattle pour lui faire la surprise, mais je m'étais ravisé. Elle travaillait soixante heures par semaine, voire plus, et je savais que nous n'aurions pas une minute à nous, ou presque. Cela faisait deux jours que je ne l'avais pas eue au téléphone. Elle m'envoyait toujours des messages (brefs), mais les appels avaient cessé.

Un matin, tôt, alors que j'étais chez ma sœur, j'eus la surprise de recevoir un message de Josie. Il n'était que sept heures du matin à Seattle et elle était déjà au travail. Elle m'avait écrit en quittant le restaurant, la veille à minuit. Elle n'avait pas dû beaucoup dormir.

Tu me manques.

Tu me manques aussi.

Ça va être de la folie aujourd'hui.
Je t'appelle en rentrant à la maison.

Je fixai mon écran, sans trop savoir quoi répondre. Elle se tuait à la tâche, et tout ça pour quoi ? Elle me répétait toujours qu'elle adorait son travail. C'était bien beau, mais elle ne tiendrait pas longtemps avec des horaires pareils.

Quand est ton prochain jour de repos ?

Je ne suis pas sûre. Il faut que je file.
Désolée. Je t'aime.

Je soupirai bruyamment et, frustré, retournai mon portable pour ne plus voir l'écran.

Ma sœur me rejoignit dans la cuisine.

— Tu as l'air drôlement pensif à une heure pareille.

Alicia était encore en pyjama. Elle portait un peignoir par-dessus, et des chaussons ridicules avec des têtes de lapin.

J'avais pris l'avion pour Fairbanks la veille, pensant échapper à la déprime qui me rongeait depuis le départ de Josie. Comme il devait se rendre à Fairbanks pour récupérer une pièce d'avion, Sawyer m'avait proposé de me prendre au passage. Il n'aurait pas pu mieux tomber. Je m'étais empressé d'accepter, ravi de cette distraction.

— C'est Thanksgiving, frérot. On est censés exprimer notre reconnaissance, pas notre mauvaise humeur.

— Je sais quel jour on est, répondis-je sèchement.

Néanmoins, Alicia avait raison. J'aurais dû penser à des choses positives au lieu de m'inquiéter constamment pour Josie.

Ma sœur releva ses manches et ouvrit le réfrigérateur pour en extraire la dinde de dix kilos qu'elle avait achetée pour l'occasion.

— Je peux le faire, tu sais.

— Je suis une grande fille.

Personne n'aurait jamais dit le contraire. Alicia était une policière chevronnée, parfaitement capable de mettre au tapis un homme deux fois plus grand qu'elle.

— Ça fait combien de temps ?

Je savais pertinemment de quoi elle parlait, mais je fis celui qui ne comprenait pas.

— De quoi est-ce que tu parles ?

Elle se tourna vers moi, les mains sur les hanches, avec le regard perçant de quelqu'un à qui on ne la fait pas.

— Ça fait combien de temps que tu n'as pas vu Josie ?

— Josie qui ? la taquinai-je, en tentant en vain de retenir un sourire.

Alicia éclata de rire.

— Tu es complètement mordu. Pas la peine de le nier. Je suis sûre que tu penses à elle nuit et jour. Tu n'as pas besoin de me dire qu'elle te manque, petit frère. Ça se voit comme le nez au milieu de la figure. Je ne comprends pas ce que tu fais ici, à te traîner comme une âme en peine, alors que tu préférerais clairement être avec elle.

Inutile de le nier, certes, mais l'admettre à voix haute ne changerait pas grand-chose. Heureusement, l'arrivée de Drew, le mari d'Alicia, me sauva. Il était encore en pyjama lui aussi, les chaussons ridicules en moins.

— Bonjour, dit-il dans un bâillement.

Il ouvrit le placard pour s'emparer d'un grand mug et mit la cafetière en route, avant de prendre ma sœur par la taille et de l'embrasser dans le cou.

— Drew, protesta-t-elle, je dois préparer la dinde pour la mettre dans le four.

— Oui oui, bien sûr, répondit-il en feignant un air mi-inquiet, mi-compréhensif.

Ma sœur pencha la tête sur le côté et soupira pendant que son mari continuait à l'enlacer.

Je détournai le regard. Non pas que ces démonstrations d'affection me mettaient mal à l'aise, mais elles rendaient l'absence de Josie encore plus difficile à supporter. J'aurais adoré pouvoir la cajoler comme cela tous les matins.

Drew finit par lâcher ma sœur. Il se servit un café et me rejoignit à table pendant qu'Alicia continuait à tourmenter la dinde.

— Avant que tu arrives, j'étais en train de parler de Josie avec Palmer.

Merci, Alicia, de remettre sur le tapis la conversation que je tentais de ne pas avoir.

— Et ? demanda Drew.

— Et rien, rétorquai-je. Josie est à Seattle, elle adore son métier et elle est heureuse là-bas.

— Tu en es sûr ? demanda Drew entre deux gorgées de café.

— Certain.

Josie elle-même me l'avait suffisamment rabâché, et ce malgré le stress causé par son travail. Chaque fois que je l'avais interrogée sur ses heures supplémentaires ou ses responsabilités supplémentaires, elle m'avait donné tous les détails justifiant une telle charge de travail. J'avais donc arrêté d'aborder le sujet.

— Qu'est-ce que tu as fait ces derniers temps, pour lui montrer que tu l'aimes ?

Je dévisageai ma sœur, perplexe.

— Elle sait que je l'aime. Je le lui dis dès que j'en ai l'occasion.

— Oui, tu lui envoies des textos et vous discutez de temps en temps, mais ce n'est pas ce que je t'ai demandé, insista Alicia.

Drew se laissa aller contre le dossier de sa chaise avant de mettre son grain de sel :

— Le problème, c'est qu'avec leur mode de vie en Alaska, les hommes ont tendance à oublier les bonnes manières auxquelles les femmes sont habituées. Elles veulent des fleurs, des chocolats et des déclarations comme celles qu'elles lisent dans les romans d'amour. Elles veulent entendre qu'on ne peut pas vivre sans elles.

Alicia secoua la tête.

— Tu as fini ? Ce n'est pas ce que je voulais dire. Josie n'a pas besoin de cadeaux. Elle a besoin de mon frère.

Je ne voyais pas bien où ma sœur voulait en venir. Je mourais d'envie de voir Josie. Si elle ne passait pas tout son temps au restaurant, je serais déjà à Seattle.

— Ce n'est pas si simple, tentai-je d'objecter.

— Ce n'est jamais simple. J'ai dû m'y reprendre à trois fois pour qu'Alicia accepte de m'épouser, tu sais.

Pour savoir, je savais. Je connaissais l'histoire par cœur. Alicia et Drew s'étaient rencontrés alors qu'elle était en fac de criminologie. En tant qu'électricien, Drew effectuait quelques travaux à la librairie du campus, où Alicia travaillait à temps partiel. Quelques jours après avoir fait connaissance, Drew l'avait invitée à sortir et elle avait accepté. Et il l'avait demandée en mariage à la fin de leur premier rendez-vous. Choquée, Alicia avait refusé, mais Drew ne s'était pas laissé décourager aussi facilement. Deux mois plus tard, il lui avait de nouveau demandé sa main. Elle avait encore répondu par la négative. Il avait attendu jusqu'à l'anniversaire de leur première rencontre et avait retenté sa chance. Cette fois-ci, Alicia avait accepté. Ils s'étaient mariés trois mois plus tard. C'était il y a dix ans et ils avaient deux enfants.

— Tu ne vas pas laisser tomber, si ? demanda Drew.

— Certainement pas. C'est elle qui est partie. Je l'épouserais en un éclair si je le pouvais et Josie le sait. C'est à elle de me dire quand elle sera prête. En attendant, je ne veux pas la presser.

— Sans la presser, tu pourrais l'encourager un peu, tu ne crois pas ? insista Drew.

— Vous voulez bien arrêter deux secondes de vous mêler de mes histoires ? On sait ce qu'on veut, Josie et moi, et pour l'instant, je dois lui laisser du temps.

— Ah oui ? Vraiment ? Parfait, Palmer. Et dis-moi, ça donne quoi comme résultat pour l'instant ?

Alicia semblait déterminée à s'acharner sur mon malheur. Drew secoua la tête, comme si je l'agaçais.

— Tu l'aimes, oui ou non ?

— Ce n'est pas dans mes habitudes de demander la première femme venue en mariage.

— Regarde-moi, Palmer. Je suis ta sœur et je te connais mieux que personne. Assez pour savoir que tu es amoureux et que tu es malheureux. Josie à Seattle, toi à Ponder… Il faut que tu trouves une solution.

— Je ne peux pas priver Josie de la chance de travailler avec Anton et de faire tourner ce nouveau restaurant. C'est ce qu'elle veut et elle le mérite. Tu veux que je lui montre que je l'aime ? Eh bien, c'est exactement ce que je suis en train de faire.

— Ça alors. Tu es *vraiment* amoureux d'elle, prononça Alicia comme si elle avait du mal à le croire.

— Oui. Et c'est pour ça que je veux lui laisser le temps dont elle a besoin.

Ma sœur se tut, de même que Drew. Ils finissaient par comprendre, apparemment. Est-ce que j'étais heureux d'être séparé de Josie ? Non. Est-ce que je pensais qu'elle travaillait trop ? Oui. Est-ce que nos discussions et nos longs messages me manquaient ? Plus que je ne voulais l'admettre. Mais je ne pouvais rien dire ou faire tant qu'elle n'aurait pas pris sa décision. J'avais décidé de lui donner un an. Si, au bout de douze mois, elle me disait qu'elle était heureuse à Seattle, j'arrêterais les frais et je passerais à autre chose. Jusque-là, je me raccrochais à l'espoir qu'elle changerait d'avis et accepterait de m'épouser.

— Tu peux toujours la supplier, finit par suggérer Drew le plus sérieusement du monde. Je me serais mis à genoux si ça avait pu convaincre Alicia de m'épouser.

— C'est ce qui s'est passé, lui fis-je remarquer.

— J'ai mis *un* genou à terre, corrigea Drew. Mais j'aurais mis les deux sans hésiter. On a tous notre fierté, mais certaines choses sont plus importantes que ça. Quand on a trouvé la bonne personne, il faut être capable de mettre son ego de côté. Pas systématiquement, bien sûr, mais quand la situation l'exige.

Je laissai échapper un petit rire. Même s'ils m'agaçaient, je les aimais profondément et je leur étais reconnaissant de leur soutien.

Plus tard, nous nous attardâmes à table, après le délicieux repas mitonné par ma sœur pour Thanksgiving. Chacun fit part de ses motifs de reconnaissance quant à l'année écoulée : je mentionnai ma famille et mes amis, y compris Jack et Josie. Comme Alicia avait passé une bonne partie de la journée aux fourneaux, elle nous laissa tout ramener en cuisine, nettoyer les plats et les casseroles et remplir le lave-vaisselle.

— Pour quoi est-ce que tu es le *plus* reconnaissant, tonton Palmer ? demanda Andrew, mon neveu de huit ans.

— Pour ton aide à faire la vaisselle, plaisantai-je en lui tendant un torchon.

— Est-ce que tu vas te marier un jour ? demanda Katie.

À six ans, ma nièce était en CP et elle était jolie comme un cœur.

— Je l'espère.

— Je voudrais une cousine, pas un cousin, d'accord ? Papa et Maman disent que je ne peux pas avoir de petite sœur, alors il faut que tu me donnes une cousine.

— Je ferai de mon mieux.

J'avais hâte de raconter ça à Josie. Quoique, ce n'était peut-être pas l'idée du siècle.

Drew me tendit la dernière casserole.

— Tu as la pression, marmonna-t-il entre ses dents. Non seulement Katie veut une cousine, mais tes parents veulent davantage de petits-enfants. On a fait notre part du boulot avec Alicia, c'est ton tour maintenant.

Je lui donnai un coup de torchon humide.

— Il faudrait que je commence par épouser Josie.

— Est-ce que Josie va être ma tante ? interrogea Andrew.

— Je ne sais pas encore.

Si cela n'avait tenu qu'à moi, elle le serait déjà.

Après avoir tout essuyé et tout rangé, nous nous rassemblâmes dans le salon, l'estomac trop rempli pour goûter la tarte au potiron qui nous attendait pour le dessert. Les enfants se lancèrent dans une partie de jeu de société avec leur mère, allongés sur le tapis devant la cheminée.

Drew et moi étions en train de regarder le match de football quand il se pencha vers moi pour me glisser :

— Tu es conscient qu'il te faut un plan, pas vrai ?

Je supposai qu'il était reparti sur le sujet fil rouge de la journée.

— Un plan. C'est-à-dire ?

— Pour convaincre Josie de t'épouser.

— Quand on voit combien de temps il t'a fallu pour arriver à tes fins, je ne suis pas sûr que tu sois le mieux placé pour me donner des conseils.

— C'est vrai, mais il faut dire qu'Alicia est têtue comme une mule, aussi.

C'était de famille.

— Hé, j'ai entendu ! cria ma sœur.

— Je pense que ce n'est pas une bonne idée.

Je tenais absolument à ne pas lui mettre la pression.

Les Seahawks marquèrent un touchdown et Drew poussa un cri de victoire avant d'ajouter :

— Tout ce que je te dis, c'est que tu dois affronter cette situation avec Josie comme tu affronterais n'importe quel problème. Avec un plan auquel il faut te tenir.

Je contins un sourire.

— Tu crois ?

— Absolument. Regarde-moi avec ta sœur : entre mon plan et ma persévérance, elle a fini par tomber dans le panneau.

— Drew, je te préviens, encore un mot et j'invente une excuse pour t'envoyer en garde à vue. Laisse mon frère tranquille, il gère. Il peut très bien se débrouiller sans ton aide.

Drew poussa un long soupir théâtral.

— Oui, chérie.

— Tu sais que je déteste que tu m'appelles comme ça, rétorqua ma sœur en râlant.

— Oui, mon amour.

— C'est mieux.

Alicia abandonna le jeu de société pour rejoindre Drew et s'asseoir sur ses genoux. Avec ses bras autour de son cou, elle lui demanda :

— Tu sais pourquoi je suis la plus reconnaissante cette année ?

Il haussa les sourcils.

— Ton mari si romantique ?

— Essaie encore.

— C'est bientôt Noël et tu m'as trouvé le cadeau parfait ?

— Raté.

— Je donne ma langue au chat.

— Que mon frère soit finalement tombé amoureux.

— Merci, sœurette.

Je consultai mon portable dans l'espoir de trouver un message de Josie. Mon visage changea soudain d'expression.

J'attendis la fin du match pour attraper mon ordinateur portable. Étant donné que nous communiquions tous les jours, cela ne m'avait jamais effleuré d'aller sur le profil Facebook de Josie. Mais j'avais si peu de ses nouvelles ces jours-ci que cela me donnerait peut-être la « dose de Josie » dont j'avais besoin, et tant pis si je parlais comme un cas désespéré. Je ne savais même pas si elle avait eu le temps de poster quoi que ce soit depuis qu'elle avait commencé à travailler au restaurant. Alicia s'arrêta en passant à côté de moi.

— Qu'est-ce que tu fais ?

— Je vais sur Facebook.

— Pour voir le profil de Josie ?

Je hochai la tête.

— Est-ce que tu es sûr de vouloir faire ça ?

Sa question me mit la puce à l'oreille.

— Pourquoi est-ce que tu me demandes ça ?

— Pour rien.

En dépit de son air nonchalant, je compris aussitôt. Alicia avait consulté la page de Josie. Et à sa voix, il y avait quelque chose que ma sœur ne voulait pas que je voie.

— Tu as quelque chose à me dire, Alicia ?

Elle expira lentement.

— Autant que tu regardes. Tu tomberas sur la photo tôt ou tard, de toute façon.

La photo.

Il ne me fallut pas longtemps pour trouver le post auquel Alicia faisait référence. À la seconde où je l'aperçus, j'eus mal au ventre.

J'aurais dû m'en douter. J'aurais dû savoir.

Une photo montrait Josie et le chef Douglas Anton devant le restaurant récemment ouvert, *Chez Anton.* Il avait un bras autour d'elle. On aurait cru un couple.

Je fixai longuement le cliché, en quête d'indices susceptibles d'indiquer que cette proximité mettait Josie mal à l'aise. Mais il n'y en avait aucun.

— Palmer, murmura Alicia après un long silence. Dis quelque chose.

— Qu'est-ce que tu veux que je dise ?

Après tout, c'était moi qui lui avais demandé de ne rien me raconter au sujet de ses interactions avec le grand chef.

Tout s'expliquait, à présent. Les appels qui se raréfiaient. Les messages minimalistes. Alicia et Andrew qui insistaient pour que je passe à l'action avant de la perdre… Ils avaient peut-être raison, après tout.

Mais peut-être était-il déjà trop tard. Peut-être que je l'avais déjà perdue et que je ne le savais pas encore.

CHAPITRE 10

Josie

J'avais hâte de rentrer chez moi. J'étais épuisée, stressée et déprimée. C'était Thanksgiving et j'avais passé les seize dernières heures dans une cuisine de restaurant suffocante, à diriger du personnel, préparer des plats quand nécessaire et inspecter les assiettes avant que les serveurs ne les emmènent en salle. Une heure avant l'ouverture, Anton était parti, me laissant m'occuper de tout.

Pour être honnête, j'étais déçue par Anton. Il ne passait au restaurant qu'en coup de vent, alors qu'il s'était engagé auprès des investisseurs à être constamment là lors de la première année. Et les rares fois où il nous honorait de sa présence, il se terrait dans son bureau, refusant d'être dérangé et participant rarement aux tâches quotidiennes.

Je le soupçonnais de se comporter ainsi pour se venger de mes refus à ses avances. Dès mon arrivée, Anton avait laissé entendre qu'il cherchait davantage qu'une simple employée. Je m'étais assurée qu'il comprenne qu'à mes yeux, notre relation était de nature strictement professionnelle et n'évoluerait jamais vers autre chose. Cela m'avait déçue et découragée de réaliser que mon tour de poitrine l'avait davantage impressionné que mes talents culinaires. Heureusement, cela n'avait jamais dépassé ses remarques initiales, mais je détestais les œillades qu'il continuait de me lancer. Naturellement, je n'avais pas touché un mot de tout cela à Palmer. Il avait été très clair : il ne voulait rien savoir sur Anton. Au final, c'était un mal pour un bien, comme aurait dit ma mère.

Ce qui m'étonnait, c'était l'intuition dont Palmer avait fait preuve concernant mon patron. Pourtant, il l'avait seulement vu en photo. Et pourtant, en un regard, il l'avait percé à jour.

J'ouvris la porte d'entrée de la petite maison où ma mère et moi vivions depuis ma naissance, dans le quartier de Queen Anne. J'étais contente d'être à la maison et impatiente de parler à Palmer, en dépit de l'heure tardive. J'étais dépitée de ne pas avoir passé Thanksgiving avec ma mère, ma tante, mon oncle et leur famille, d'autant plus que je les avais à peine vus depuis mon retour d'Alaska. J'avais beau avoir pleinement conscience que c'était un des aspects négatifs de ma carrière, le sacrifice n'en restait pas moins difficile.

— Tu es rentrée.

Ma mère était installée dans le canapé, les pieds confortablement relevés.

— Et bien plus tard que ce que j'espérais, ajouta-t-elle.

Je m'affalai près d'elle en soupirant. J'appuyai ma tête contre le dossier du canapé et fermai les yeux.

— Je sais.

— Tu es épuisée.

Je ne pris pas la peine de répondre. L'expression sur mon visage s'en chargeait sûrement pour moi. J'avais quitté la maison tôt ce matin, j'étais arrivée la première au restaurant et j'en étais partie la dernière, comme souvent. C'était normal pour un sous-chef.

— Tu as dîné, au moins ?

— Je n'ai pas faim.

Je passais mes journées à travailler avec de la nourriture et je n'avais jamais le temps de manger.

— Joséphine Marie, tu sautes beaucoup trop de repas.

— Oui, Maman.

Si elle avait passé cinq minutes dans le chaos qu'était la cuisine du restaurant, elle aurait compris. Anton était un tyran excessif. Incapable de supporter son caractère explosif, le chef de partie avait démissionné sans même donner de préavis. Un commis l'avait rapidement imité, et deux serveurs en salle lui avaient emboîté le pas. Le restaurant était ouvert depuis moins de deux semaines et, déjà, des problèmes majeurs couvaient.

— Je t'ai rapporté une assiette de chez Lucy et Paul. J'ai pensé que tu n'aurais sans doute pas mangé.

— Merci, Maman.

Je mangerais plus tard. Pour l'instant, ce qui m'intéressait, c'était parler à Palmer. Je savais qu'il passait Thanksgiving à Fairbanks, avec sa sœur et sa famille. Je lui avais envoyé un message avant de quitter le restaurant, mais il ne m'avait pas répondu, ce qui n'était pas du tout dans ses habitudes.

— Tu as manqué à tout le monde.

— Tout le monde m'a manqué aussi. Tu es rentrée à quelle heure ? demandai-je pour encourager ma mère à continuer à parler.

Sa voix m'apaisait.

— Vers 17 heures, je crois.

Elle hésita, comme si elle voulait me dire quelque chose, mais elle n'ajouta rien de plus. J'avais bien remarqué un changement chez elle depuis mon retour, mais j'étais si préoccupée par mon travail et par Palmer que je ne parvenais pas réellement à mettre le doigt dessus.

— Au fait, il y a un message pour toi sur le répondeur, de la part d'un certain Jack. C'est l'ami de Ponder dont tu m'as parlé, n'est-ce pas ?

Je n'en revenais pas.

— Jack a appelé ?

— À moins que je me trompe de nom, mais je ne crois pas.

Mon cœur se mit à battre à toute vitesse. Jack occupait une place à part et me manquait terriblement. Maintenant qu'il savait comment fonctionnaient les textos, il m'en envoyait de temps en temps, surtout pour me dire qu'il avait faim et qu'il était nostalgique de mes petits plats.

— Je me demande comment il a obtenu le numéro, étant donné qu'on est sur liste rouge, fit remarquer ma mère.

Elle avait un téléphone portable, mais elle tenait tout de même à ce que nous conservions une ligne fixe. Quand j'avais envoyé ma candidature à l'hôtel, j'avais indiqué le numéro de fixe en premier dans la case des numéros à appeler en cas d'urgence. C'était le moyen le plus sûr de parvenir à la contacter, car elle oubliait toujours son portable dans un coin. Ce qui n'expliquait pas comment Jack possédait ce numéro, car je ne l'avais communiqué qu'aux Brewster.

— Je ne sais pas, Maman.

— Il m'a l'air un peu vieux pour toi, plaisanta ma mère.

— Il a ton âge.

— C'est bien ce que je dis.

— C'est le guide de chasse dont je t'ai parlé.

— Oui, je me souviens. Tu devrais écouter le message toi-même.

Je bondis sur mes pieds. J'aurais pourtant cru être incapable de bouger pendant une semaine après avoir passé seize heures debout, mais j'avais hâte d'entendre la voix de mon ami. Je me rendis dans la cuisine, j'attrapai un bloc-notes et un stylo au cas où j'aurais besoin de noter quelque chose, puis j'écoutai le message vocal que Jack avait laissé sur le répondeur.

Allô ? Il y a quelqu'un ?

Une chaleur réconfortante m'enveloppa en reconnaissant l'intonation familière de sa voix rauque.

C'est Jack à l'appareil. Jack Corcoran. J'espère que c'est le bon numéro. J'appelais pour parler à Josie Avery. C'est Thanksgiving.

Il marqua une pause, comme s'il s'attendait à ce que quelqu'un décroche.

Comme c'est Thanksgiving et tout ça, je voulais juste dire à Josie que j'étais reconnaissant de l'avoir dans ma vie. Dommage qu'elle ne soit pas là pour nous préparer un délicieux repas de fête.

Visiblement, Jack réfléchissait toujours avec son estomac. Je trouvais ça rassurant.

Palmer n'est pas là. Il est parti chez sa sœur. Je garde son chien pendant son absence. Tu manques à Hobo. Et à moi aussi.

J'aurais adoré prendre le husky dans mes bras et enfouir mon visage dans sa fourrure épaisse. Je n'avais jamais eu de chien quand j'étais enfant (ma mère préférait les chats), et je m'étais attachée à l'acolyte de Palmer. Lui aussi me manquait.

Pas la peine de rappeler, continua Jack. C'était juste pour te souhaiter un bon Thanksgiving et te dire qu'Angie et Steve m'ont invité à dîner avec eux.

Le message se terminait brusquement. Je restai appuyée contre le plan de travail et je le réécoutai, un sourire idiot aux lèvres. La voix de Jack était comme un baume apaisant qui me faisait oublier ma fatigue. Tout avait changé ici depuis mon retour de Ponder. Même ma vie à la maison et ma relation avec ma mère n'étaient plus les mêmes. J'avais changé et ma mère aussi. Nous avions toujours été très proches et nous l'étions toujours, mais il y avait quelque chose de différent. Peut-être parce que Palmer me manquait, ou que je faisais des horaires démentiels, ou que travailler avec Anton me mettait sous pression.

— Tout va bien, Josie ? me demanda ma mère en me rejoignant dans la cuisine.

Elle sortit du réfrigérateur une assiette couverte de papier d'aluminium, qu'elle posa sur le plan de travail devant moi.

— Ça va parfaitement bien, répondis-je en me redressant.

Mais ma mère me connaissait trop bien et elle n'était pas dupe.

— L'Alaska te manque, pas vrai ?

Ce n'était pas la première fois que ma mère abordait le sujet. En guise de réponse, je haussai les épaules. Il ne s'écoulait pas un jour sans que je pense à Palmer et à sa demande. J'étais la première étonnée de constater que je pensais autant à lui. Les quelques messages que nous échangions étaient le seul rayon de soleil de ma journée. Lorsque je n'étais pas totalement épuisée, nous passions des heures à discuter au téléphone, mais mon travail au restaurant ne m'en laissait plus le temps, et cela me désolait. En résumé : j'avais Palmer dans la peau.

Les seuls moments où il n'envahissait pas mon esprit, c'était lorsque j'étais au restaurant. Là, je n'avais pas le temps de réfléchir à quoi que ce soit. Plus rien ne comptait à part préparer et servir des plats au goût et à l'esthétique parfaits, conformément aux exigences d'Anton.

— Josie ? insista ma mère.

— Oui, Maman, l'Alaska me manque.

— Ma pauvre chérie… Le travail avec Anton ne se passe pas comme tu l'espérais, n'est-ce pas ?

— Ce n'est pas peu dire…

J'avais travaillé dans un autre restaurant renommé avant d'obtenir mon diplôme, je savais donc que mon planning serait chargé. En revanche, je ne m'étais pas attendue à travailler avec un homme aussi déraisonnable et prétentieux.

Ma mère me prit dans ses bras et me serra contre elle.

— Tu devrais rappeler Jack, je suis sûre que ça te remonterait un peu le moral.

Je regardai l'heure pour calculer le décalage horaire, puis composai son numéro.

Cinq sonneries retentirent avant qu'il ne réponde.

— Jack ? C'est Josie.

— Josie ! s'exclama-t-il comme si je revenais d'entre les morts. Ça alors, qu'est-ce que c'est bon d'entendre ta voix !

— La tienne aussi. Mais dis-moi, j'ai une question à te poser… Comment est-ce que tu t'es procuré le numéro de chez moi ?

— Euh… Je pense qu'il vaut mieux que tu ne sois pas au courant, au cas où je me ferais arrêter pour effraction.

— Tu t'es introduit dans l'hôtel par effraction ? demandai-je, alarmée.

— J'ai une clé. J'ai dû forcer un peu parce qu'elle était toute rouillée, mais je n'aurai aucun mal à réparer la porte. Les Brewster ne se rendront compte de rien.

— Jack !

J'étais horrifiée qu'il ait fait une chose pareille, d'autant plus que tous les dossiers étaient également sous clé, et j'étais certaine qu'il n'avait pas de copie de celle-ci. Il avait donc dû forcer le tiroir.

— Je ne savais pas comment te contacter autrement, expliqua-t-il pour se justifier. J'ai essayé de t'appeler sur ton portable, mais je tombais directement sur ta messagerie.

— C'est parce que je l'éteins quand je suis au restaurant.

— Tu as travaillé aujourd'hui ? Le jour de Thanksgiving ?

— C'est une des plus grosses journées de l'année dans le secteur de la restauration. Est-ce que tout va bien ? Comment va Angie ?

Je n'avais aucune envie de parler du restaurant. Ce qui m'intéressait, c'était d'avoir des nouvelles de tout le monde. Angie, avec qui j'étais restée en contact, m'avait envoyé un e-mail en début de semaine, mais je n'avais pas eu le temps de lui répondre.

— Angie va très bien, le dîner qu'elle nous a concocté était délicieux. Mais je me sens seul depuis que tu es partie, et avec Palmer qui n'est pas là ces jours-ci, je ne sais pas trop quoi faire. Ça me fait du bien de t'entendre, en tout cas.

— Tu me manques aussi, tu sais.

— Palmer est malheureux comme les pierres sans toi. Je suppose que tu n'envisages pas de revenir sur ta décision ?

Il soupira, puis sans me laisser le temps de répondre :

— Ne réponds pas. Palmer me tuerait s'il savait que je t'ai demandé ça.

Jack était aussi charmant que fouineur. Je pouvais presque entendre Palmer l'enguirlander pour s'être mêlé de ses affaires.

— Contente d'être de retour à Seattle ? questionna Jack, comme s'il était soucieux de changer de sujet.

— Oui. Rien ne vaut son chez-soi, pas vrai ?

J'exagérais légèrement. J'avais oublié combien la ville était bruyante. Pendant la première semaine ici, je réussissais à peine à dormir à cause du bruit. Si ce n'étaient pas les voitures, c'étaient les sirènes des ambulances. Je ne m'étais pas rendu compte à quel point j'avais appris à apprécier le silence de Ponder, sa tranquillité. On pouvait entendre la neige qui recouvrait les arbres se faire emporter par le vent, le cri lointain d'un caribou, les craquements des aurores boréales.

— Simple curiosité, tu cuisines toujours pour ce fameux chef ?

Décidément, c'était comme si son esprit était programmé pour penser à la nourriture.

— Toujours, oui.

— Tu lui as déjà préparé ton Stroganoff d'élan ?

— Pas encore, non.

Je me gardai de lui dire que ma recette n'intéressait sans doute pas le moins du monde mon patron.

— Je te parie qu'il le mettra sur le menu à la seconde où il le goûtera. Dis-lui que je peux l'approvisionner en viande, si ça l'intéresse.

— Je lui en parlerai.

— Je vais te laisser, déclara-t-il abruptement, comme s'il était à court de sujets de conversation.

Je n'avais pas envie de raccrocher, mais je n'avais plus grand-chose à lui raconter, moi non plus.

— Je suis contente de t'avoir eu au téléphone, Jack.

— Moi aussi.

— Au revoir.

— Attends ! lança-t-il précipitamment. Est-ce que je t'ai dit que tes petits plats me manquent ?

— Je crois que tu l'as mentionné, oui.

— Ah. Je crois que je perds du poids depuis que tu ne me fais plus à manger.

Ça, par contre, j'avais du mal à le croire.

— Est-ce que ça t'arrive de passer à Seattle ?

— Pas depuis très longtemps. Je pense que mon dernier séjour remonte à l'époque où j'étais dans la marine.

— Eh bien la prochaine fois que tu es en ville, je t'invite à dîner. Je te préparerai un festin que tu n'oublieras pas de sitôt.

— À Seattle ? demanda-t-il avec une intonation d'enfant excité.

— Oui. Ça me ferait vraiment plaisir.

— Compte sur moi, Josie.

J'affichais un visage radieux. Notre conversation m'avait profondément réconfortée.

Mon portable émit un bip dans ma poche. Certaine qu'il s'agissait d'un message de Palmer, je m'empressai de l'attraper. Mais c'était un message de mon amie Jessie. Et je m'aperçus que je n'avais pas eu de ses nouvelles de la journée.

CHAPITRE 11

Palmer

Devinez qui était là pour m'accueillir à mon retour ? Jack. Et à propos de qui jacassait-il sans arrêt ? Le chef cuisinier Douglas Anton.

Jack avait vu une vidéo de lui sur YouTube. Déjà, je n'en revenais pas que ce vieux schnock connaisse l'existence de la plateforme. Josie lui avait sans doute fait découvrir. Et de qui parlait le chef dans la vidéo ? D'elle, évidemment.

Il était la dernière personne dont j'avais envie d'entendre parler. Mécontent, je maugréai et tournai le dos à Jack, espérant que ça le fasse taire. J'étais passé chez lui pour récupérer Hobo. Je repris le chemin de mon chalet au pas de course, en abandonnant Jack derrière moi.

Une fois calmé, je me sentis coupable de l'avoir traité de cette façon. Il faudrait que je lui présente mes excuses.

J'avais vu juste dès le début. J'avais compris qu'Anton serait une source de contrariété, dès le moment où j'avais trouvé des choses à son sujet sur le Net. Josie le portait aux nues et se disait enchantée à l'idée de travailler pour lui. Elle répétait en boucle à quel point elle était chanceuse d'avoir décroché ce job. Je ne doutais pas un instant des talents culinaires de Josie, mais j'étais persuadé qu'elle n'était pas recrutée sur cette unique base.

Il voulait Josie. Ma Josie.

Un bip de mon portable m'indiqua un message écrit.

Pas de nouvelles, est-ce que tout va bien ?

Cela faisait un moment que je ne lui avais pas écrit. J'avais besoin de temps pour digérer le post Facebook.

Nouveau bip. Un second texto.

Est-ce que tu es de retour à Ponder ?

C'était mesquin de l'ignorer de la sorte. Il me suffisait de répondre, mais en allant à l'essentiel.

Oui.

Tu peux parler ?

Je réfléchis. J'avais insisté pour ne jamais entendre parler d'Anton et je n'étais pas certain d'avoir envie qu'elle m'avoue avoir craqué pour lui. De même, j'allais éviter de mentionner ce post Facebook, je passerais pour un crétin jaloux. Ce que j'étais, certes, mais je ne pouvais pas me contrôler. J'étais certain de la perdre, et je ne savais pas quoi faire pour l'éviter.

Je relus son message. Je ne voulais pas que mes sentiments transparaissent dans notre conversation.

Pas dispo, désolé.

Plus tard, alors ?

OK.

Je fourrai mon téléphone dans ma poche, satisfait d'avoir réussi à différer la conversation. Et puis je n'avais pas vraiment menti. Je devais terminer la réplique d'épée de la guerre de Sécession. J'avais bien avancé et elle était presque finie. Je n'avais plus qu'à apporter les dernières touches à la poignée.

Le cœur lourd, je me mis au travail, heureux d'avoir quelque chose à faire pour me distraire. Assis dans un coin de l'atelier, Hobo me lançait des regards curieux. J'avais beau avoir les mains occupées, mon esprit refusait de se concentrer sur autre chose. En effet, comme si ce que j'avais vu ne suffisait pas, j'avais épluché le profil Facebook d'Anton. Une idée brillante qui avait achevé de me sortir de mes gonds.

Il y avait des photos de l'intérieur moderne du restaurant, avec sa vue sur l'eau. D'autres clichés montraient le personnel. Sur certains, il se tenait à côté de Josie, affichant un air possessif.

Contrairement à la photo que Josie avait postée, il ne la tenait néanmoins pas contre lui comme si elle était sienne. Chaque fois que j'y repensais, j'avais envie de lui hurler de la lâcher. J'avais honte d'être aussi ridicule et jaloux.

J'avais bien fait de ne pas parler à Josie. Je devais réfléchir à la suite. Drew avait raison : il me fallait un plan. Je m'arrêtai un instant pour admirer mon travail. J'étais fier du résultat : le futur propriétaire serait ravi. Une femme m'en avait passé commande, pour l'offrir à son mari pour Noël. C'était un célèbre historien spécialiste de la guerre de Sécession, et il était également guide touristique du champ de bataille de Gettysburg. J'étais certain que cette épée artisanale deviendrait un objet de famille qui se transmettrait de génération en génération.

Même si ce n'était pas dans mes habitudes, j'avais décidé de livrer l'épée en personne. Les vols au départ de Fairbanks exigeaient souvent de faire escale à Seattle. Josie et moi avions abordé plusieurs fois la possibilité que je lui rende visite. Elle semblait avoir très envie de me voir et c'était réciproque. Mais cette halte à Seattle serait très brève. Comment étais-je censé lui prouver la force et le sérieux de mes sentiments en un si court laps de temps ?

Je devais tout faire pour la persuader de m'épouser. Je l'aimais, je voulais faire ma vie avec elle, et je me rendais compte que ce délai d'un an était trop long. Il fallait qu'elle prenne une décision, et vite.

Je laissai l'épée de côté pour rentrer dans le chalet et allumer mon ordinateur portable. J'avais les yeux rivés sur l'écran lorsque Jack entra sans frapper. Il était inhabituellement silencieux. Je compris qu'il jaugeait mon humeur.

— Désolé pour tout à l'heure.

— Pas de problème.

Heureusement pour moi, Jack n'était pas rancunier.

— Tu as compris ce qui m'a mis de mauvaise humeur, pas vrai ?

Il mima le geste de « motus et bouche cousue ».

— Tu ne veux pas que je parle de… qui ça, déjà ?

— Exactement, répondis-je avec un air reconnaissant.

Il se laissa tomber sur une chaise à côté de moi.

— Qu'est-ce que tu fais ?

— Je réserve un billet d'avion.

— Pour aller où ?

— En Pennsylvanie. Je vais livrer l'épée en mains propres, ajoutai-je sans quitter l'écran des yeux.

— Quand est-ce que tu pars ? Bientôt ? Tu vas faire une escale pour voir Josie ? Tu devrais. Dans la mesure où elle travaille avec ce…

Il eut le bon réflexe de s'interrompre à temps.

La dernière chose dont j'avais besoin dans mon état, c'était qu'on me rappelle que Josie passait le plus clair de son temps avec Anton, loin de moi, rongé par la jalousie.

— Je ne suis pas encore sûr de mes dates. Pourquoi ?

Jack tendit le cou pour mieux voir l'écran. Il semblait soudain très intéressé par mes projets.

— Moi aussi, je prévois de voyager, annonça-t-il nonchalamment. Ce serait sans doute mieux qu'on parte et qu'on revienne en même temps. Ça nous permettrait de faire des économies, étant donné que Sawyer va devoir nous emmener à Fairbanks tous les deux.

Jack qui veut acheter un billet d'avion ? Je le connaissais depuis des années et jamais il ne s'était aventuré à plus de trois cents kilomètres de Ponder. J'étais incapable de dissimuler ma curiosité :

— Et... où est-ce que *toi* tu vas ?

— Je préfère ne pas te le dire.

Je tournai la tête dans sa direction, estomaqué.

— Quoi ?

— Top secret.

Je n'insistai pas. S'il voulait jouer les cachottiers... après tout, il n'avait pas besoin de mon aval pour prendre l'avion.

Évidemment, mon manque d'intérêt l'avait très vite agacé. Il trépignait de lâcher le morceau. Mais je préférai le laisser mariner encore un peu.

— Si tu veux qu'on accorde nos dates pour voyager ensemble avec Sawyer, pas de problème.

— Si vraiment tu tiens à en savoir plus, je peux te donner quelques détails.

Aurait-il rencontré une femme sur Internet ?

— C'est toi qui vois, mon vieux.

Il se pencha vers moi et baissa la voix, comme si quelqu'un était en train de nous espionner.

— Je vais rendre visite à Josie.

— Pardon ?

— Oui. On s'est parlé le jour de Thanksgiving.

— Elle t'a téléphoné ?

Elle avait essayé de m'appeler ce jour-là, mais je n'avais pas décroché. Elle avait sans doute cru qu'il y avait un problème et contacté Jack pour en savoir plus. Je répondais toujours, d'habitude.

L'air suffisant, Jack se laissa aller contre le dossier de sa chaise. Il croisa les bras, l'air satisfait.

— Non. Je n'arrivais pas à la joindre sur son portable alors je l'ai appelée chez elle.

— *Tu* as appelé Josie ?

— Oui, et au cas où les autorités mènent une enquête plus tard, je préfère ne pas te dire comment j'ai obtenu son numéro de fixe.

— Hein ?

— Je ne veux pas te mêler à ça. Ça m'embêterait que tu ailles en prison à cause d'un crime que *j'ai* commis.

Je le dévisageai, interdit. Nous nous connaissions depuis si longtemps que j'avais fini par croire que rien ne pouvait m'étonner chez lui. J'avais tort.

— Tu veux savoir ce qu'elle a dit ? demanda-t-il avec un sourire qui aurait pu faire concurrence au chat du Cheshire.

Je soupirai.

— D'accord, raconte.

— Est-ce que je peux mentionner le nom de… ?

— Non, répliquai-je, agacé.

— D'accord. Il était tard et elle avait l'air vraiment fatiguée.

— Elle travaille beaucoup, murmurai-je.

Elle paraissait épuisée lorsque nous discutions au téléphone, et ce à toute heure, le matin comme le soir. Je devrais presque remercier Anton de la faire travailler autant, car après seize heures elle ne risquait pas de trouver l'énergie de sortir avec quiconque.

— À part celui dont on ne doit pas prononcer le nom, elle n'a pas parlé de son travail. Elle semblait vraiment très contente de m'entendre.

Cela ne m'étonnait pas. Josie me demandait souvent de ses nouvelles, il lui manquait beaucoup.

— Elle m'a invité à lui rendre visite à Seattle. Elle a dit qu'elle me ferait à manger.

Tout s'expliquait. Entre les milliers de kilomètres à parcourir et la petite fortune que lui coûterait le voyage, Jack était vraiment prêt à tout pour satisfaire son estomac.

— Elle a dit que je pouvais venir quand je voulais et j'ai pensé « le plus tôt sera le mieux ». Tu sais ce qu'on dit, il faut battre le fer tant qu'il est chaud. Et puisque tu vas dans la même direction, je peux peut-être me joindre à toi.

Ce n'était pas vraiment ainsi que j'imaginais les choses… Cela dit, avoir Jack à mes côtés pouvait se révéler précieux.

— Je pense qu'à nous deux, on pourrait la convaincre de revenir à Ponder, continua Jack. On lui manque.

— C'est possible, concédai-je sans toutefois vouloir m'engager.

— Tu souris, remarqua Jack. C'est la première fois depuis longtemps.

C'est parce qu'il ne me voyait pas quand j'étais en ligne avec Josie.

— Alors ? Je peux venir à Seattle avec toi ?

— Je réfléchis.

— Tu réfléchis à quoi ? Tu veux la récupérer, oui ou non ? Si c'est ce que tu veux, je te signale que je suis ta meilleure chance.

— Ça se discute.

Jack ignora mon commentaire.

— J'ai une idée, déclara-t-il soudain.

Cela ne me disait rien qui vaille…

— On va lui faire la surprise. On ne la prévient pas de notre venue et on débarque au restaurant. Ça serait comme une surprise de Noël.

Ce n'était pas une mauvaise idée. Et cela me donnerait une chance de voir par moi-même la nature de sa relation avec le chef cuisinier.

— Palmer ?

Il me dévisageait intensément, dans l'attente d'une réponse.

J'acquiesçai. Je n'avais pas prévu de voyager avec lui au départ, mais son argument m'avait convaincu.

Son sourire était tellement éclatant qu'il en était contagieux.

— Et en prime, on pourrait peut-être la convaincre de cuisiner pour nous ! Je pense qu'elle a ajouté mon Stroganoff au menu.

— Je ne sais pas. Peut-être.

C'était le plat préféré de Jack et il affirmait que personne ne le préparait aussi bien que Josie.

— Néanmoins, je te rappelle qu'il faut que j'aille en Pennsylvanie. Seattle n'est qu'une escale, je prévois de rester quelques jours seulement, et encore.

La durée de mon séjour dépendait surtout de la réaction de Josie. Si ce que je craignais s'avérait fondé, je ne m'attarderais pas

— D'accord. Dans ce cas, va faire ce que tu as à faire en Pennsylvanie et reviens à Seattle ensuite. Je sais que tu es obsédé par ce chef à la noix alors pendant ton absence, je peux fouiner un peu, puis te faire un compte rendu à ton retour.

Sa proposition me mit mal à l'aise, je ne voulais pas que Jack les espionne.

— Merci, mais ce n'est pas la peine. C'est à Josie et moi de gérer ça.

— Tu es sûr ?

J'avais prétendu l'être et pourtant je n'avais jamais autant douté de toute ma vie.

CHAPITRE 12

Josie

— Je pars travailler !

— Josie, attends !

Ma mère sortit de la cuisine en courant. Elle semblait nerveuse et agitée.

— Je ne serai pas là ce soir et je rentrerai tard dimanche.

— Maman, ça fait au moins quatre fois que tu me le dis.

Elle me cachait quelque chose. Mais quoi ?

C'était pareil avec Palmer : nous avions à peine parlé depuis Thanksgiving. On s'était téléphoné deux fois, mais les conversations avaient été brèves et peu chaleureuses. Chaque fois, je lui avais demandé s'il y avait un problème, mais il avait assuré que ce n'était pas le cas. Nous continuions à nous envoyer des messages, mais les siens étaient secs, comme si échanger avec moi représentait une corvée.

— Tu réussiras à te débrouiller sans moi ?

— Bien sûr. Amuse-toi et ne t'inquiète pas pour moi.

— D'accord.

Elle partait en week-end avec Carol, sa meilleure amie, dans un village pittoresque de Leavenworth, niché dans les Cascades. Carol et ma mère avaient prévu de prendre le train et de passer la journée à faire les boutiques et se promener avant de revenir le dimanche après-midi. Leavenworth incarnait Noël dans toute sa splendeur : le village avait un charme hivernal féerique, digne d'une carte postale. Depuis des années, cette escapade était une tradition pour nous deux.

Mais cette année, mon emploi du temps n'avait pas permis de trouver un créneau pour nous y rendre ensemble. D'ailleurs, nous ne trouvions pas le temps d'honorer tout un tas de traditions : je n'avais pas encore préparé un seul cookie, ni fait de chocolat chaud, selon notre recette familiale. Ma mère avait préparé son fameux cake aux fruits, mais sans moi. Je passais à côté de ma période préférée de l'année et cela me contrariait profondément.

Et il n'y avait pas que ça. Quand j'étais entrée en école de cuisine, je rêvais de créer des plats incroyables. À l'hôtel, j'avais eu carte blanche en cuisine et la possibilité d'établir les menus de mon choix. Mais au restaurant, j'étais constamment sous le joug d'Anton, sans la moindre liberté créative. À l'exception des premiers jours où je l'avais aidé à concevoir le menu, la moindre originalité m'était interdite. Je n'avais même pas le droit de faire des suggestions. Anton était si souvent absent que j'avais essayé d'ajouter ma touche personnelle. Cela m'avait valu une réprimande que je n'étais pas près d'oublier. Il avait eu vent de mon initiative à cause du compliment d'un client. Un des serveurs m'avait rapporté la scène, et expliqué qu'Anton s'était attribué tout le mérite.

Je serrai ma mère contre moi.

— Passe un bon week-end.

— Merci.

Elle sourit, mais une lueur triste et coupable brillait dans son regard.

— Maman… amuse-toi, profite. On ira à Leavenworth ensemble l'année prochaine.

Sauf si je continuais à travailler avec Anton…

Je pris la route du restaurant, en proie à une frustration grandissante. Cette opportunité n'était pas à la hauteur de ce que j'avais espéré. Mais à la décharge d'Anton, je n'étais sans doute pas dans le bon état d'esprit. Ma tête et mes mains étaient au restaurant, mais mon cœur était resté à Ponder, avec Palmer et tous les autres. J'avais l'impression de passer mon temps à attendre de ses nouvelles. Et je craignais de le perdre. Submergée par le doute, j'étais agitée et nerveuse, je dormais mal et je ne mangeais pas assez.

Je pensais beaucoup à ma mère, aussi. En dépit de l'amour qu'elle me portait et du soutien sans bornes qu'elle m'offrait, je sentais qu'il était temps de quitter le nid. Elle s'était habituée à vivre seule, à faire des projets avec ses amis, et c'était tout à fait normal. Ma mère aimait avoir son espace et en revenant vivre chez elle, j'avais le sentiment de m'immiscer dans sa liberté toute neuve.

Il était temps que je déménage. Moi aussi, j'avais changé. Mon séjour en Alaska m'avait rendue plus indépendante. J'aimais ma mère et je lui étais reconnaissante de tout ce qu'elle faisait pour moi, mais moi aussi, j'étais prête à vivre seule.

Quand j'arrivai au restaurant, Anton fulminait. La livraison de produits frais était arrivée et il y avait eu une erreur dans la commande. Au lieu des brocolis et du chou-fleur, nous avions reçu une triple commande de radis. Furieux, Anton s'en prenait à tout le monde en cuisine, convaincu qu'il s'agissait d'une tentative de saboter son nom et sa réputation.

— Dehors, tout le monde ! Sortez tous de ma cuisine !

Il me regarda droit dans les yeux, puis balaya la pièce du regard.

— Vous êtes tous virés. Laissez-moi.

Il agita la main de manière théâtrale.

Les commis étaient figés sur place, sans savoir quoi faire. Le premier commis avait les yeux écarquillés par la terreur. Tout le monde me regardait comme s'ils attendaient tous que je résolve le problème.

— Je suis sûre que nous pouvons arranger ça, chef, dis-je aussi calmement que possible.

— Arranger ça ? Qu'est-ce que vous voulez que je fasse de cinquante bottes de radis ? C'est vous qui êtes responsable de ça ?

— Non, chef. Je suis certaine qu'il s'agit d'une erreur de la part du grossiste.

Comme j'avais passé la commande, j'attrapai le téléphone afin de parler avec le responsable. Je mis la conversation sur haut-parleur et lui fis répéter la commande afin qu'Anton cesse avec sa théorie du complot.

Malheureusement, tous les camions avaient déjà quitté le dépôt et aucun ne reviendrait avant l'après-midi. Nous n'aurions donc pas les ingrédients nécessaires pour préparer ce qui était prévu au menu.

Anton pâlit en apprenant la nouvelle.

— Des radis, répéta-t-il en se passant les mains dans les cheveux. Qu'est-ce que je vais faire avec ça ?

Plusieurs idées germèrent aussitôt dans mon esprit.

— Nous pourrions faire une salade de radis et de jicama, des boules de melon au radis et... qu'est-ce que vous diriez d'un carpaccio de radis et de concombre ?

Personne ne bougea pendant que je tentais de calmer Anton. L'expérience leur avait appris que j'étais la seule en mesure de lui faire entendre raison. Il semblait incapable de gérer la moindre crise en cuisine. Je ne m'expliquais pas comment il était arrivé au poste de chef cuisinier ni même comment il avait acquis sa propre chaîne de restaurants, surtout avec ce caractère et son incompétence à gérer les urgences.

Il me regarda, puis se tourna vers le reste de l'équipe.

— Débrouillez-vous, râla-t-il avant de se retrancher dans son bureau et de fermer la porte derrière lui.

Des commis au plongeur, tout le monde poussa un soupir de soulagement. Accepter cet emploi m'avait fait l'effet d'être un honneur. C'était ce qui m'avait incitée à signer un contrat d'un an. Il n'avait fallu qu'un mois avant que mon travail s'apparente davantage à une peine de prison.

Un excellent travail d'équipe nous permit d'ouvrir sans accroc pour le dîner, proposant des mets à base de radis comme plats du jour. Rien ne vint obscurcir le tableau les deux premières heures. J'étais occupée à superviser les commandes qui arrivaient en cuisine lorsque Lizzy, une des serveuses, vint me trouver.

— Il y a deux personnes à la table 16 qui souhaitent te voir.

— Deux personnes ?

En général, les gens demandaient à voir Anton, pas le sous-chef. À l'exception de mes amis et de quelques camarades de l'école de cuisine, personne ne savait que je travaillais ici.

— Oui. Deux hommes. Ils se sont présentés comme des amis proches.

— Est-ce qu'ils t'ont donné leurs noms ?

À moins d'une urgence absolue, j'étais trop occupée pour m'absenter.

— Non.

— Est-ce qu'ils sont mécontents de leur repas ?

— Pas du tout. Un des deux s'est extasié sur la nourriture.

— Et ils ont demandé à me voir personnellement ? Ils ont cité mon nom ? insistai-je en vérifiant la présentation d'une assiette avant qu'elle parte en salle.

Lizzy hocha la tête.

— Un des deux est plus âgé, cinquante ans environ. Il a une barbe et les cheveux un peu longs. L'autre est plus jeune, il n'a pas de barbe et il est beau comme un dieu… Ça ne me dérangerait pas de le croiser dans une rue sombre, couina-t-elle avec une étincelle d'intérêt dans le regard.

Jack ? Je lui avais suggéré de me rendre visite, mais depuis on n'en avait pas reparlé. Il m'aurait prévenue avant d'arriver. Et si c'était Jack, alors qui l'accompagnait ? Ce ne pouvait pas être Palmer, il avait une barbe. Il m'avait bien proposé de la raser une fois, mais j'avais refusé. Non seulement cela protégeait son visage des rigueurs de l'hiver, mais en plus, il était très beau comme cela.

Et si c'était Palmer ?

Je portai ma main à mon cœur pour l'empêcher de jaillir de ma poitrine.

— Est-ce que tu veux que je leur dise que tu es trop occupée ?

— Non, non. Dis-leur que j'arrive.

— Tu es sûre ?

— Certaine.

Je me précipitai vers le fond de la cuisine et me débarrassai de mon tablier plein de taches, tout en essayant de garder mon calme. J'étais tellement stressée que j'avais du mal à ne pas me cogner dans tout ce qui bougeait.

Je retraversai la cuisine au pas de charge et attrapai Lizzy par le bras alors qu'elle était sur le point de retourner en salle.

— De quoi j'ai l'air ?

Je priai intérieurement pour qu'elle me réponde que j'étais fraîche comme la rosée du matin, même si je me doutais que c'était l'exact contraire.

Et la tête qu'elle fit confirma mes craintes.

— Peu importe.

Je criai une série d'instructions au reste de l'équipe avant de courir jusqu'aux toilettes pour m'observer dans le miroir. C'était encore pire que ce que j'avais imaginé. Des mèches de cheveux s'étaient échappées de ma toque et la sueur de mon front les avait transformées en affreux frisottis. Quant au maquillage, il n'était plus qu'un lointain souvenir. Je n'avais pas le temps de réparer les dégâts, alors j'attrapai mon gloss dans mon sac à main et en appliquai d'une main tremblante. Il faudrait s'en contenter.

Je m'agrippai au rebord du lavabo et j'inspirai profondément. Inutile de paniquer. Peut-être que ce n'était pas eux. Peut-être que c'étaient deux étrangers qui souhaitaient me rencontrer pour je ne sais quelle raison.

Je pris une nouvelle respiration avant de sortir des toilettes, puis je traversai la cuisine aussi majestueusement qu'une reine, au milieu du remue-ménage général.

Les lumières tamisées de la salle éclairaient doucement l'immense sapin de Noël orné de boules rouges, de rubans dorés et de fines guirlandes lumineuses blanches. Les fenêtres offraient une superbe vue sur le Puget Sound. Un ferry était en train de quitter le quai pour se rendre sur l'île de Bainbridge. À l'exception de mon style échevelé, tout était pittoresque et parfait. Je m'approchai de la table 16 tout en me préparant mentalement. Comme par automatisme, mon regard fut attiré par…

Palmer. C'était lui. Mais rasé.

Il me fixait du regard. Il me fallut un instant pour m'apercevoir que Jack était assis en face de lui.

— Palmer…

Il posa sa serviette sur la table, se leva et tendit la main dans ma direction. J'entrelaçai mes doigts avec les siens en résistant contre une envie irrépressible de me jeter dans ses bras. Je caressai sa joue d'un geste hésitant, un peu choquée par l'absence de barbe.

Il rougit, un peu gêné.

— J'ai pensé que tu aimerais bien voir à quoi je ressemblais sans poils sur le visage.

— Tu es magnifique.

Jack gloussa.

— Je m'en souviendrai, de celle-ci. Je parie que jamais personne ne t'a dit que tu étais magnifique avant, Palmer.

Je ne voulais pas ignorer Jack, mais j'étais incapable de quitter Palmer du regard. Il portait une belle chemise bleue et un jean brut. C'était la première fois que je le voyais dans autre chose que ses chemises en laine à carreaux et ses jeans de travail délavés. Pendant ce qui me sembla une éternité, nous ne pûmes rien faire d'autre que nous dévisager mutuellement.

Jack s'éclaircit la gorge. À contrecœur, je me tournai vers mon ami, qui se leva à son tour.

— Jack, je n'en reviens pas de te voir ici ! m'exclamai-je en le serrant brièvement dans mes bras.

— Tu as dit que je pouvais venir, me rappela-t-il.

— Oui, et je suis ravie que tu sois là et que tu aies amené Palmer.

Je lui en serais éternellement reconnaissante. Il me fit un clin d'œil, visiblement fier de sa surprise. Et il avait toutes les raisons de l'être.

Constatant qu'ils avaient fini de manger, déformation professionnelle oblige, je demandai :

— Le repas a-t-il été à la hauteur de vos attentes ?

Jack regarda Palmer et gonfla la poitrine, comme un papa fier de son rejeton.

— Tu as vu ça, Palmer, elle parle même comme un vrai chef, maintenant.

— C'est vrai. Et le dîner a dépassé toutes nos attentes, de loin, m'affirma Palmer.

— Qu'est-ce que c'était, cet accompagnement un peu épicé ? demanda Jack.

— Une salade de radis.

— Du radis ? répéta-t-il comme s'il avait du mal à me croire.

— C'est une longue histoire.

Mon attention se reporta sur Palmer. C'était surréaliste de le voir. Et à la façon dont il m'observait, j'étais certaine qu'il ressentait la même chose que moi. Un mélange de joie et de soulagement.

Il continuait à tenir ma main dans la sienne et à la serrer. Je ne me rappelais pas avoir été si heureuse de voir quelqu'un de toute ma vie.

— Dommage qu'il n'y ait pas de viande d'ours au menu se plaignit Jack. Quel genre de restaurant ne sert pas de gibier ?

Palmer et moi échangeâmes un sourire.

— J'en parlerai au chef pour voir ce qu'on peut faire.

— Tu es superbe, chuchota Palmer.

Le compliment était exagéré. Après des heures passées en cuisine, j'avais l'air d'un brocoli trop cuit. Mais loin de moi l'idée de m'en plaindre. Je savais ce que Palmer voulait dire par là : je lui avais manqué et il était heureux de me voir, peu importe mon apparence.

— Et moi, Josie, tu ne me trouves pas beau ? intervint Jack. J'ai taillé ma barbe et j'ai mis une nouvelle chemise.

Il glissa ses pouces sous ses bretelles rouges et tira dessus pour me permettre de mieux admirer la chemise en question.

— Niveau élégance, je ne peux pas faire mieux.

— Tu es un véritable plaisir pour les yeux, lui assurai-je, en me penchant vers lui pour l'embrasser sur la joue. Je suis folle de joie de vous voir, tous les deux.

Je mourais d'envie de me pendre au cou de Palmer et de l'embrasser fougueusement. Mais j'étais encore de service et quelque chose me disait que ce genre de démonstration serait mal perçu.

Lizzy s'approcha d'un pas nonchalant.

— Est-ce que ces messieurs souhaiteraient un dessert ? demanda-t-elle en jaugeant Palmer.

À sa tête, elle voulait surtout que je fasse les présentations.

Le visage de Jack devint aussi lumineux que le sapin de Noël qui trônait dans la salle.

— Pas besoin de demander deux fois, n'est-ce pas, Jack ? plaisantai-je tandis qu'elle leur tendait la carte des desserts. Lizzy, je te présente Jack et Palmer, mes amis de Ponder, en Alaska. Je travaillais là-bas avant de venir ici.

— C'est vrai, ce que l'on raconte sur les hommes d'Alaska ? demanda Lizzy, qui flirtait de façon éhontée.

— Je n'en ai pas la moindre idée, répondit Palmer sans même la regarder.

J'aurais pu l'embrasser.

— Puis-je en commander plusieurs ? interrogea Jack en consultant la carte.

— Tu peux en commander autant que tu veux. C'est moi qui invite.

J'étais si heureuse qu'il soit là que j'aurais pu lui apporter tous les desserts de la carte s'il me l'avait demandé. Anton n'aurait qu'à les déduire de ma paye.

— Est-ce que tu veux te joindre à nous pour le café ? demanda Palmer.

Même si je ne pouvais rien voir de là où je me tenais, je jetai un coup d'œil en direction de la cuisine.

— Je… je ne peux pas, dis-je à regret. J'adorerais, mais on a besoin de moi en cuisine.

— À quelle heure se termine ton service ?

— Tard, répondit Lizzy à ma place. Josie est presque toujours la première arrivée et la dernière partie.

— Et le chef Anton, alors ?

— Disons qu'il n'est pas aussi impliqué que ce que j'avais imaginé, avouai-je.

Euphémisme du siècle, mais ce n'était ni le lieu ni le moment d'entrer dans les détails.

— Termine plus tôt ce soir, dans ce cas, m'encouragea Palmer.

— Tu n'imagines pas à quel point j'aimerais finir tôt, mais toute l'équipe compte sur moi.

Jack passa sa commande à Lizzy : le pain perdu au sirop d'érable avec sa sauce beurre-expresso, le carré chocolat noir-caramel beurre salé et le croustillant aux pommes et aux noix.

— Et vous ? demanda Lizzy à Palmer, de sa voix la plus suave.

— Rien, merci. Josie, quand tu dis tard, c'est tard comment ?

— 23 heures. Parfois plus.

— Je m'en accommoderai.

Jack bâilla.

— Ce sera sans moi. Le vol m'a lessivé.

— On peut se retrouver demain matin, si tu préfères ? proposai-je à Palmer.

J'étais impatiente de passer du temps avec lui et je n'avais aucune envie d'attendre jusqu'au lendemain matin pour le voir, mais le voyage devait l'avoir fatigué, lui aussi.

— Il ne peut pas, intervint Jack.

— Comment ça ?

— Je pars demain matin, annonça Palmer.

CHAPITRE 13

Josie

— *Tu pars ?*

Je ne prononçai pas un mot de plus, de crainte d'éclater en sanglots. La présence de Palmer dépassait mes espoirs et mes rêves les plus fous. Mais je n'avais même pas eu le temps de savourer ma joie de le retrouver que, déjà, j'apprenais qu'il repartait le lendemain. C'était comme si mon cœur venait de se briser en miettes dans ma poitrine.

— Oui, mon avion décolle demain, confirma Palmer.

— Mais… pourquoi si vite ?

C'était injuste et cruel de n'avoir que si peu de temps devant nous. J'avais besoin de lui parler. Depuis deux semaines, je sentais bien que quelque chose n'allait pas. Chaque fois que je l'avais interrogé, Palmer avait trouvé des excuses pour justifier la brièveté de nos conversations et le ton sec de ses messages, mais j'étais certaine qu'il y avait autre chose.

— Je suis désolé, Josie, je dois apporter l'épée à Gettysburg.

— Bien sûr, je comprends.

J'essayais de me montrer compréhensive, mais la déception se sentait dans ma voix. J'avais envie de l'agripper et de le supplier de rester à Seattle.

Lizzy apporta ses trois desserts à Jack, puis s'approcha pour murmurer à mon oreille :

— Le chef veut que tu reviennes en cuisine.

Je ne bougeai pas d'un millimètre.

Après des semaines passées à supporter son sale caractère et ses caprices, je n'en avais soudain plus rien à faire de ce qu'il voulait. Il pouvait se jeter la tête la première dans un tas fumant de bouse de vache si ça lui chantait. Mes rêves de grande carrière et de collaboration avec un chef renommé ne me menaient nulle part. Cette expérience était à mille lieues de ce que j'avais imaginé.

— Il n'est vraiment pas content, insista-t-elle.

— Dommage pour lui, rétorquai-je à voix basse.

Je comptais bien ne pas gâcher une seconde du peu de temps dont Palmer et moi disposions. J'avais le cœur lourd, écrasé sous le poids de tout ce que j'avais à lui dire, et je ne pouvais plus attendre.

— Il va revenir, tu sais, annonça Jack comme s'il lisait dans mes pensées, avant de prendre une bouchée de chaque dessert.

Je me tournai vers Palmer.

— C'est vrai ?

— Oui. Je repasse par Seattle dans trois jours.

— Trois jours ?

— Il me faut une journée pour aller jusqu'à Gettysburg, une autre sur place, et une troisième pour revenir sur la côte ouest.

— Tu as réussi à finir l'épée avant Noël, finalement.

Cette épée avait été son excuse par excellence pour abréger nos conversations.

Il opina de la tête, l'air satisfait de son travail.

— Oui, et le résultat dépasse mes espérances.

— Je n'en ai jamais douté.

Je me souvenais de sa frustration à la découverte de la fissure dans la lame, avant mon départ.

— Et donc, tu vas revenir ? Noël sera tout proche. Est-ce que tu peux rester pour Noël ? Tu pourrais rencontrer ma mère et je pourrais nous préparer un bon repas et on…

— Tu veux que je passe Noël avec toi ?

— Ce serait génial !

Je baissai aussitôt la voix, pour ne pas avoir l'air complètement désespérée, et je rectifiai.

— Ça me ferait très plaisir.

Il hésita un instant avant de répondre alors que je pensais qu'il aurait accepté dans la seconde. Mon cœur se serra. Je ne me sentais pas capable d'encaisser un éventuel refus.

— Je n'avais pas prévu de rester plus de deux jours, expliqua-t-il. J'ai déjà réservé mes billets pour retourner en Alaska.

— Peut-être que les billets sont modifiables ?

— Je peux rester pour Noël, moi ! proposa immédiatement Jack. Qu'est-ce que tu as prévu pour le repas ? Je n'ai rien contre la traditionnelle entrecôte, même si je dois avouer que j'adorerais manger de la dinde farcie.

Je ne lui répondis pas. Mes yeux étaient rivés sur Palmer.

— Je ne suis pas fan de jambon, poursuivit-il, mais si tu décides d'en servir, je ne me plaindrai pas. Je ne suis pas difficile quand il s'agit de nourriture, tu sais bien.

Face à mon silence prolongé, Jack nous regarda tour à tour.

— Moi aussi, je suis invité, pas vrai, Josie ?

— Bien sûr.

— Tant mieux, dit-il d'un air soulagé. Pendant une minute, j'ai cru que tu n'invitais que Palmer.

— Tu es toujours le bienvenu, Jack.

— Formidable ! À quelle heure dois-je arriver pour le petit déjeuner ?

Un boucan terrible me parvint depuis la cuisine. À tous les coups, Anton était encore en train de piquer une de ses crises de colère. Sa voix envahit la salle, forçant tous les convives au silence.

Palmer croisa mon regard, perplexe.

— Il faut que je file. Je te retrouve devant le restaurant à 23 heures, dis-je à contrecœur.

Palmer me lâcha la main avec réticence. Il ouvrit la bouche, comme s'il voulait dire quelque chose, puis la referma.

Je le laissai en compagnie de Jack. Je devais retourner en cuisine et tenter de limiter les dégâts.

Comme je pouvais m'y attendre, c'était le chaos. Anton était en train de hurler des ordres sans queue ni tête à un des commis. Quand il s'aperçut de ma présence, il se précipita sur moi tel un tourbillon.

— Vous n'avez pas le droit d'aller en salle.

— J'ai simplement salué deux amis de passage à Seattle, expliquai-je dans l'espoir de le calmer.

— Que ce soient des amis ou la reine d'Angleterre, je m'en contrefiche.

Je n'en croyais pas mes oreilles. C'était la première fois que cela arrivait et il parlait comme si je désertais mon poste à la moindre occasion. Après des semaines à supporter ses diatribes, j'en avais assez. Plus qu'assez.

— À quand remonte la dernière fois où on vous a vu en cuisine ou en salle pendant plus de deux heures consécutives ? contre-attaquai-je, les mains sur les hanches. C'est *votre* restaurant, avec *votre* nom sur la façade. Les investisseurs vous ont fait confiance et vous n'êtes jamais là. Quand j'ai passé l'entretien, il était convenu que vous deviez superviser la cuisine pendant la première année. Et les rares fois où vous nous faites la grâce de votre présence, vous êtes soit soûl, soit défoncé.

Du coin de l'œil, je vis le reste des employés acquiescer en silence. Même si je n'en avais parlé à personne, j'étais persuadée qu'Anton avait un problème de drogue et qu'il était progressivement devenu incapable de tenir le rythme.

— Vous avez accepté que…

Je ne le laissai pas finir sa phrase :

— J'ai accepté ce travail en pensant que vous seriez mon mentor. J'ignorais que je gérerais tout le restaurant toute seule et…

— Vous avez signé un contrat ! m'interrompit-il. Alors si vous croyez que vous pouvez vous défiler comme ça… Partez et je vous colle le procès du siècle !

Il ne semblait pas me menacer à la légère, et j'hésitai un instant. Mais quelques secondes de réflexion me suffirent à réaliser qu'il n'avait aucun motif lui permettant de me poursuivre en justice.

— Le contrat ne stipule pas que je dois me soumettre à votre tyrannie ou assumer la responsabilité de dizaines de tâches qui ne m'incombent pas. Tout ça (j'ai désigné la cuisine d'un geste circulaire) n'est pas *ma* responsabilité, c'est la *vôtre*. C'est votre nom, vos recettes. J'ai été engagée en tant que sous-chef, pas en tant que chef.

Anton me fusilla du regard. La colère brûlait dans ses yeux.

— Je vous offre la chance d'une vie et…

— Vous m'offrez le *fardeau* d'une vie, vous voulez dire, et pas le moindre avantage. Et j'en ai ma claque.

Je retirai ma toque et la balançai dans la poubelle la plus proche.

Je me dirigeai vers la porte, mais le chef me bloqua le passage.

— Partez maintenant et je vous traînerai en justice jusqu'à ce que vous soyez ruinée.

— Si ça vous fait plaisir, ne vous gênez pas. Vu le nombre de fois où vous m'avez renvoyée, nous verrons bien qui de nous deux est coupable de rupture de contrat.

Il changea d'expression. Je le tenais. Il m'avait encore virée le matin même et j'avais des témoins qui seraient ravis de confirmer mes dires. Entre son instabilité et sa nature lunatique, il ne s'était pas fait le moindre allié parmi ses employés. Il n'aurait jamais l'audace de porter plainte, je le savais.

Je me dirigeai vers la sortie quand, soudain, trois employés retirèrent leur tablier sans se concerter et m'emboîtèrent le pas.

— Si Josie démissionne, alors je pars aussi, déclara le premier commis.

— Moi aussi.

— Moi pareil.

Le visage d'Anton vira au cramoisi.

— Je vais tous vous attaquer ! Vous le regretterez, croyez-moi ! Revenez ici ! Vous ne partez pas tant que je ne vous en ai pas donné l'autorisation !

Au moment où je quittai la cuisine, je me sentis libre comme jamais. J'avais la sensation d'être légère comme une plume. Mon seul regret était d'avoir claqué la porte en plein milieu de mon service, mais Anton l'avait bien cherché et il n'avait que ce qu'il méritait, même si je trouvais cela dommage de le voir gâcher son talent de la sorte.

Je me dépêchai de rassembler mes affaires et je retournai en salle au pas de course en espérant retrouver Palmer et Jack. Malheureusement, ils étaient déjà partis.

Comme convenu, je retournai au restaurant à 23 heures pour rejoindre Palmer. J'aurais pu l'appeler après ma démission fracassante, mais j'avais préféré profiter de ce laps de temps pour mettre de l'ordre dans mes idées et réfléchir à tout ce que je voulais lui dire, maintenant qu'il était ici.

Nous nous promenions au bord de l'eau. Tout était décoré et illuminé à l'approche des fêtes, et la vue était superbe. Le bonheur d'être avec Palmer faisait de moi un vrai moulin à paroles. Comme si nous n'avions pas discuté depuis une éternité.

Je finis néanmoins par me rendre compte que j'étais la seule à parler.

— Tu ne dis rien ?

Il sourit et je résistai à l'envie de lui toucher le visage. Je n'étais pas encore habituée à le voir sans barbe.

— C'est difficile d'en placer une, répondit-il d'un ton taquin.

Je m'appuyai contre son épaule en riant. Je ne parvenais pas à contenir ma joie tant j'étais heureuse.

— Désolée. Je parle beaucoup.

Je savais que j'aurais dû lui faire part de ma dispute avec Anton et de ma démission soudaine. Il méritait d'être au courant. Mais pas tout de suite. Je me sentais libre pour la première fois depuis des semaines et je souhaitais profiter de Palmer après tout ce temps sans le voir. Je voulais que nous profitions de ces quelques heures avant qu'il ne prenne l'avion pour la côte est et je n'avais pas la moindre envie de gâcher ces instants en abordant des sujets aussi lourds. Pour le moment, je n'avais qu'un désir : savourer sa compagnie.

Nous flânâmes sur les quais, bras dessus bras dessous. Un ferry traversait Puget Sound en direction de l'île de Bainbridge. C'était un spectacle dont je ne me lasserais jamais.

J'arrêtai de jouer les pipelettes, pour donner à Palmer une chance de contribuer à la conversation à son tour. Il finit par m'annoncer qu'il avait changé son billet retour et que nous aurions donc tout le temps de discuter après son passage par Gettysburg. Puis il se tut, sans toutefois lâcher mon bras. Il me semblait tout de même renfermé et réticent, et je me demandais quelle en était la raison.

— Tu dois être fatigué, j'imagine ?

— Un peu, oui.

— Tu… Est-ce que tu préfères rentrer à ton hôtel ? On peut se voir à ton retour de Pennsylvanie, proposai-je en espérant de toutes mes forces qu'il refuse.

— Non. Je veux être avec toi.

Aussitôt, je me sentis mieux.

— Moi aussi.

Les lumières de la péninsule de Kitsap brillaient dans le lointain et la grande roue du quai était illuminée. Tout cela conférait une atmosphère magique à notre promenade.

Mon estomac gargouilla, me rappelant que je n'avais rien avalé depuis le matin.

Palmer dut l'entendre car il me demanda si j'avais dîné. À ma réponse négative, il me proposa d'aller acheter quelque chose à manger.

Nous nous rendîmes dans un café-restaurant que je connaissais, près de Queen Anne Hill. Nous nous assîmes côte à côte, main dans la main. Palmer semblait plus à l'aise et nous papotâmes gaiement jusqu'à ce que des bâillements s'emparent de nous aux environs d'une heure du matin. Le moment était venu de nous séparer.

Aucun de nous n'avait envie de laisser l'autre. Au moment de nous dire au revoir, Palmer avait l'air particulièrement contrarié. Il prétexta mal dormir ces derniers temps, sans toutefois me donner la raison de ses insomnies. Lui aussi devait omettre d'aborder un sujet sensible.

Il me raccompagna jusqu'à ma voiture, me prit dans ses bras et m'embrassa. Mes yeux se remplirent de larmes. Je n'avais pas réalisé à quel point il me manquait ni à quel point ma vie me semblait vide sans lui. Je me plaquai contre lui et nous restâmes longuement enlacés, jusqu'à l'arrivée du taxi qui devait le ramener à son hôtel.

CHAPITRE 14

Palmer

Les retrouvailles avec Josie avaient été un bonheur de chaque instant. Les doutes qui me rongeaient depuis Thanksgiving semblaient s'être un peu calmés. J'étais rassuré, mais pas complètement serein. Elle ne pouvait pas avoir simulé sa réaction au restaurant. De mon côté, en la voyant apparaître dans sa veste croisée blanche, j'avais dû me retenir de toutes mes forces pour ne pas la prendre dans mes bras. J'avais éprouvé un besoin désespéré de l'embrasser, si violent qu'il en était douloureux.

Même l'explosion d'une bombe atomique n'aurait pas réussi à nous faire détourner les yeux de l'autre. J'étais fou amoureux, encore plus que ce que j'avais bien voulu admettre jusque-là.

Lorsque Josie m'avait invité pour Noël, j'avais contenu ma réaction, mais j'étais aux anges. À peine franchi le seuil de ma chambre d'hôtel, j'avais changé mon billet retour. Comment imaginer qu'une brève soirée avec Josie suffirait à combler le vide qu'elle avait laissé dans ma vie ? J'avais écouté mon ego, et ce dernier avait eu tort.

Pendant les quelques heures passées ensemble, elle n'avait pas mentionné Anton une seule fois. J'avais moi aussi préféré me concentrer sur elle et ma joie de la revoir. Elle était fière de sa ville et avait pris plaisir à jouer les guides touristiques sur les quais…

Je pensais à elle à chaque seconde. J'expédiai ce que j'avais à faire en Pennsylvanie et repartis pour Seattle avec une impatience difficilement dissimulable.

Le vol me sembla interminable et je poussai un soupir de soulagement lorsque le Boeing 737 se posa sur le tarmac. J'avais hâte de retrouver Josie, mais cela devrait attendre la fin de son service. J'avais déjà tellement attendu que quelques heures de plus n'avaient pas d'importance.

En descendant de l'avion, je pris un taxi pour regagner l'hôtel où Jack et moi avions réservé une chambre, dans le cœur du centre de Seattle. Je n'avais pas eu de nouvelles de lui pendant mon séjour en Pennsylvanie. Il avait rarement son portable sur lui, ce qui avait le don de me rendre fou. Je mourais de curiosité à l'idée d'apprendre ce qu'il avait découvert sur Josie.

Dès que j'arrivai dans ma chambre, je composai son numéro. Il répondit à la première sonnerie, à croire qu'il était assis sur son lit à attendre mon appel.

— Jack, c'est Palmer.

— Comment s'est passé ton voyage ?

— Bien. Tu as vu Josie ?

— Oui, tous les jours depuis ton départ. Elle m'a emmené à ce grand marché de producteurs qu'ils ont ici. C'était quelque chose. Je n'avais jamais vu autant de fruits, de légumes et de fleurs au même endroit. Ils ont du poisson, aussi. Tu aurais vu ça, ils lançaient des morceaux de saumon en l'air comme s'ils faisaient une partie de ping-pong. Ensuite, elle m'a fait prendre le monorail. C'était marrant de survoler la ville comme ça. Elle voulait aussi qu'on monte dans la Space Needle, mais il était trop tard.

Il avait débité tout cela dans un souffle. J'étais surpris que Josie ait trouvé le temps de faire tout cela avec lui, car je pensais qu'elle avait de longues journées, ce qu'avait confirmé la serveuse du restaurant.

La voix de Jack me sortit de mes pensées.

— Devine quoi d'autre ?

— Jack, je t'en prie, je n'ai aucune envie de jouer aux devinettes. Si tu as des informations, contente-toi de me les donner, d'accord ?

J'étais à bout de patience et, surtout, j'étais jaloux que Jack ait pu passer autant de temps avec Josie.

— Comme tu voudras. Josie a démissionné. Elle est partie en plein milieu de son service, le soir où on a dîné au restaurant.

À son ton, je déduisis que la situation amusait follement mon ami.

— Elle a dit au chef Anton qu'elle ne pouvait plus travailler pour lui. Et ça reste entre nous, mais je pense qu'il la mettait sous pression de toutes parts, et pas seulement concernant son travail en cuisine.

Que Josie ait démissionné en plein milieu de son service en disait long... Bizarrement, elle ne m'avait parlé de rien alors que je l'avais revue le même soir. Je me demandais pour quelle raison elle ne m'avait pas annoncé la nouvelle. Elle craignait peut-être ma réaction si j'apprenais qu'il l'avait harcelée.

Une dizaine de scénarios défilaient dans ma tête, plus désagréables les uns que les autres. Anton m'avait déplu à la seconde où j'avais lu sa bio. J'avais toujours eu un mauvais pressentiment à son sujet, mais je pensais que ma jalousie troublait mon jugement. Visiblement, mon instinct avait tapé en plein dans le mille.

— Est-ce que tu sais ce qui s'est passé ? demandai-je entre mes dents serrées. Est-ce qu'il a tenté quelque chose avec elle ? Parce que s'il a fait ça… je ne réponds plus, de rien, Jack.

— Calme-toi. Elle a seulement dit que c'était une enflure de première. J'ai tenté d'en savoir plus, mais elle n'est pas rentrée dans les détails. Elle n'avait pas envie d'en parler.

Il fallait que je tire cette affaire au clair. Et si Josie refusait de m'en dire plus, alors je rendrais une petite visite au chef pour qu'on discute d'homme à homme.

Tout à coup, je réalisai ce que la démission de Josie pouvait signifier pour nous. Un espoir fou monta en moi. Peut-être changerait-elle d'avis et reviendrait-elle sur ma proposition. Très vite, je ne tins plus en place. Je devais la voir. Pour la convaincre que nous pouvions construire une vie ensemble.

— Sa mère nous a invités à dîner demain soir, continua Jack. J'ai hâte de la rencontrer. Tu viens, pas vrai ?

— Bien sûr.

J'étais impatient de retrouver Josie, de m'assurer qu'elle allait bien, de découvrir ce que sa nouvelle situation impliquait pour elle. Pour nous.

Je devais aussi m'en tenir aux règles que je m'étais fixées, et garder à l'esprit ma conversation avec Drew et ses conseils. Il m'avait suggéré de ne pas refaire ma demande avant d'être sûr que Josie accepterait. Certains signes semblaient jouer en ma faveur, mais je ne devais pas m'emballer.

— Tu es prêt ? J'ai faim, déclara Jack.

Je regardais l'heure. Même si c'était davantage son estomac que les normes sociales qui régissait la vie de Jack.

— Il n'est même pas 17 heures. Mais avec le décalage horaire, je veux bien dîner de bonne heure.

— J'ai découvert un restaurant sur les quais qui sert des *fish and chips.* Il y a beaucoup de touristes, mais la nourriture vaut le coup d'attendre.

— Tu sais ce que je pense des foules, lui rappelai-je.

— Je suis comme toi, mais fais-moi confiance.

— Tu sais si Josie a quelque chose de prévu ce soir ?

Elle savait que je revenais ce jour, mais je ne lui avais pas dit à quelle heure.

— Elle a un rendez-vous.

— Quoi ? Elle a un rencard ?

— Non, pas un rencard, un truc avec ses amies. Une soirée filles, pour reprendre son expression. Elles se retrouvent tous les ans pour échanger des cadeaux de Noël. Elle ne pensait pas réussir à se libérer, mais maintenant qu'elle ne travaille plus, elle peut y aller. Bref, on va manger ? Je ne me suis rien mis dans l'estomac depuis des lustres et à cette heure de la journée, il n'y aura peut-être pas trop de monde dans ce restaurant.

Apprendre que je ne verrais pas Josie ce soir me coupa le peu d'appétit que j'avais. Mais rester assis tout seul dans ma chambre d'hôtel ne me disait rien non plus. Je finis par répondre :

— Je te retrouve en bas.

Je raccrochai, pris ma clé et quittai ma chambre.

Dans le hall, je faisais les cent pas en attendant Jack quand, soudain, j'entendis quelqu'un m'appeler.

Je tournai la tête et aperçus Josie. Elle traversa l'entrée de l'hôtel en courant et se jeta dans mes bras. Pris par surprise, je manquai tomber à la renverse. On aurait pu croire que nous ne nous étions pas vus depuis des mois, et non pas depuis quelques jours. Je la serrai contre moi et, les yeux clos, je me laissai envelopper par l'odeur de vanille et de fraise de ses cheveux.

— Jamais je n'ai trouvé le temps aussi long, chuchota-t-elle, presque comme si elle ne voulait pas que j'entende son aveu.

Je l'aurais embrassée à en perdre haleine si la moitié des personnes présentes n'avait pas été en train de nous observer.

— Je t'ai manqué ?

— À chaque seconde, confessa-t-elle dans un soupir.

La déception qui m'avait submergé un peu plus tôt s'envola. Elle avait pensé à moi pendant mon absence avec la même impatience que la mienne.

— Qu'est-ce que tu fais ici ? Je croyais que tu avais des projets.

— C'est le cas. Je dois passer la soirée avec mes trois meilleures amies. Je ne les ai pas vues depuis des mois et j'ai désespérément besoin de me détendre.

Je fis de mon mieux pour dissimuler ma frustration. J'étais égoïste de la vouloir pour moi tout seul, et idiot d'être jaloux de ses amies.

— Qu'est-ce que tu fais ici ?

— Comme je ne savais pas à quelle heure tu arrivais et que je n'arrivais pas à te joindre, je comptais laisser un mot pour toi à l'accueil. Mais après je t'ai vu, et il fallait absolument que je te le dise.

— Que tu me dises quoi ?

— Que je suis folle de toi et que je suis malheureuse sans toi. On a eu trop peu de temps pour discuter le soir de ton arrivée. Tu n'as presque pas ouvert la bouche, et je me suis aperçue que tu étais comme ça depuis Thanksgiving. C'est comme si tout avait changé. Quand j'appelle, tu es toujours trop occupé pour me parler. Tes messages sont devenus brefs et secs, eux aussi. Lorsque je te pose la question, tu me réponds systématiquement que c'est parce que tu es débordé. Et même depuis que tu es à Seattle, tu sembles toujours aussi distant et distrait. Il y a autre chose, n'est-ce pas ?

J'aurais pu nier en bloc et cacher mes inquiétudes, mais Josie méritait de connaître la vérité, même si montrer ma faiblesse allait à l'encontre de ma nature. Droit dans les yeux, je lui avouai ce qui me tourmentait.

— J'ai vu la photo que tu as postée sur Facebook, celle d'Anton et toi. Ça m'a rendu jaloux et j'ai craint de te perdre.

— Oh, Palmer, si tu savais… C'est tout le contraire.

Je ne savais pas, non, mais j'avais ma petite idée sur la question.

— Jack m'a dit que tu avais démissionné. Qu'est-ce que ce type t'a fait, Josie ?

Elle secoua la tête.

— Rien. Tout. Je te raconterai plus tard.

— Josie !

La voix de Jack nous fit sursauter.

— Je ne pensais pas qu'on te verrait ce soir, s'exclama-t-il, surpris.

— Je ne reste pas. Je passais juste pour laisser un mot à Palmer et au final, je suis tombée sur lui dans le hall.

— Et que disait ce mot ? demanda Jack, avec sa discrétion habituelle.

— C'était pour l'invitation à dîner de demain soir.

— Qu'est-ce que ta mère a prévu de cuisiner ?

— Elle va faire une de ses spécialités. Je ne peux pas t'en dire plus. Mais ne t'en fais pas, ça va te plaire.

Il y avait, en effet, peu de chances qu'un plat fait maison lui déplaise.

Le regard de Josie croisa le mien et elle sourit. Elle rayonnait et je luttais contre l'envie de mettre un genou à terre.

— Ma mère a hâte de vous rencontrer, déclara-t-elle sans me quitter des yeux.

— Remercie-la de nous avoir invités.

— Compte sur moi.

Elle regarda l'heure et son visage se décomposa.

— Il faut que je file, je vais être en retard. Mes amies me harcèlent pour qu'on se voie depuis mon retour d'Alaska et je ne veux pas les décevoir.

Néanmoins, elle ne bougeait pas, comme si elle n'arrivait pas à choisir entre passer du temps avec ses amies et rester avec moi.

— Vas-y, l'encourageai-je. Je ne vais nulle part.

— Oui, vas-y et amuse-toi, insista Jack. Tu l'as bien mérité. Profite, maintenant que tu n'as plus à te préoccuper d'Anton.

Josie se raidit à la seconde où Jack prononça le nom de son ancien patron. J'allais découvrir ce qu'il avait bien pu lui faire pour qu'elle réagisse de cette façon. Je posai mes mains sur ses épaules. Même si Josie était pressée, je n'avais plus la patience d'attendre.

— Dis-moi, Josie… Pour quelle raison as-tu démissionné ? La vraie raison ?

Elle secoua la tête et évita mon regard.

— C'est de l'histoire ancienne. Je n'ai pas envie d'en parler, d'accord ?

J'avais envie de crier « Non, je ne suis pas d'accord ! », mais je ne voulais pas lui forcer la main. Néanmoins, il y avait un dernier point que je souhaitais éclaircir.

— Dis-moi juste une chose : a-t-il tenté quoi que ce soit avec toi ?

— Si tu veux savoir s'il a dépassé les bornes… non. Pas vraiment. Mais tu avais raison de le soupçonner de vouloir me… fréquenter.

Fréquenter. Voilà une façon bien délicate de décrire ce qu'il avait sans doute essayé de faire.

L'aveu de Josie ne me surprenait pas le moins du monde. Elle était belle, drôle, intelligente… et j'aurais pu continuer comme cela longtemps. En travaillant avec elle, Anton n'avait pas pu s'empêcher d'être attiré par elle. Je ne pouvais pas lui en vouloir. En revanche, s'il avait fait quoi que ce soit de déplacé, il risquait d'avoir des ennuis.

— Il a fait pression sur toi ?

— Un peu.

— Pourquoi ai-je l'impression que tu minimises les choses ?

— Palmer, s'il te plaît, laisse tomber. Ce n'est qu'une petite partie du problème et, de toute façon, dès qu'il a compris que je n'étais pas intéressée, il m'a laissée tranquille.

Légèrement soulagé, j'accompagnai Josie jusqu'à la sortie.

— Est-ce que je peux te voir demain ?

Elle se mordit la lèvre.

— J'ai deux entretiens d'embauche, un le matin et l'autre l'après-midi. Je suis désolée, Palmer. J'adorerais passer la journée avec toi, mais je dois trouver un nouveau job, et le plus tôt sera le mieux. Mais je te vois demain soir et ensuite, je suis libre comme l'air jusqu'à Noël. Promis.

Mon cœur se serra dans ma poitrine. Si Josie cherchait du travail, cela signifiait qu'elle n'envisageait pas de repartir avec moi à Ponder. Découragé mais décidé à ne pas le montrer, je ravalai ma déception.

— Pas de problème, Josie, je comprends.

Elle me serra contre elle avant de se mêler à la foule compacte et de disparaître au milieu des passants.

Jack me rejoignit.

— Elle est vraiment spéciale, pas vrai ?

— Oui.

Un homme d'affaires me percuta, me faisant presque perdre l'équilibre.

— Allons-y. Je deviens agoraphobe, avec tous ces gens.

Si Seattle offrait le même spectacle tous les jours, je n'étais pas sûr de tenir jusqu'à Noël. Ponder ne m'avait jamais autant manqué qu'à cet instant, et ce malgré la présence de Josie dans cette grande ville.

— Je me demande d'où peuvent bien venir tous ces gens, se plaignit Jack.

— Pareil.

J'étais mal à l'aise et j'avais le mal du pays. J'avais ma dose de foule, de touristes, d'aéroports et de décorations de Noël.

— Je parie que la majorité d'entre eux n'y connaît rien aux vraies douceurs de la vie. Comme la viande de caribou, par exemple.

— Tu as sûrement raison, approuvai-je, le sourire aux lèvres.

— Cela dit, je dois reconnaître que leur *fish and chips* vaut le détour. Je suis prêt à passer à table. Qu'est-ce qu'on attend ?

Amusé, je passai un bras autour de ses épaules et marchai avec lui jusqu'aux quais.

Le lendemain soir, nous prîmes un taxi pour nous rendre à l'adresse indiquée par Josie. La maison se trouvait dans un quartier tranquille, avec une superbe vue sur la ville. De nombreuses familles avaient décoré leurs maisons et leurs jardins avec des guirlandes de Noël sur les toits, les porches et dans les arbres. On pouvait voir de beaux sapins de Noël à travers les fenêtres. Quelques jardins accueillaient même des pères Noël gonflables. Toutes ces décorations d'extérieur me laissaient perplexe. C'était très différent de Ponder, où la nature, sans l'aide de personne, nous exposait ses merveilles. Des multitudes d'étoiles peuplaient le ciel telles des poussières brillantes dans l'obscurité nocturne.

Jack frappa à la porte. Je tenais un bouquet de fleurs à la main, acheté au marché de Pike Place, plus tôt dans l'après-midi. La journée m'avait semblé longue et ennuyeuse. J'avais passé le temps en me promenant sur les quais, puis Jack et moi étions allés au cinéma avant de faire le tour du marché. Tout ce temps, je m'étais demandé si les entretiens de Josie se révélaient concluants, et les conséquences que cela pourrait avoir sur nous.

Josie ouvrit la porte et nous accueillit avec un sourire éclatant.

— Vous êtes pile à l'heure.

Je lui rendis son sourire. Comment ignorait-elle encore que Jack n'arriverait jamais en retard à un repas ?

Alors que nous venions d'entrer dans le salon, chaleureux et confortable, une femme d'âge moyen sortit de la cuisine. Elle portait un tablier décoré de houx, par-dessus un pantalon noir et un pull rouge. Sa ressemblance avec sa fille était frappante. Cette dernière s'approcha de moi et passa son bras sous le mien.

— Maman, je te présente Palmer et Jack, mes amis de Ponder. Palmer, Jack, je vous présente ma mère, Gina Avery.

— C'est un plaisir de vous rencontrer, dis-je en tendant les fleurs à Gina.

— Merci beaucoup, Palmer, répondit-elle en s'en emparant. Vous n'auriez pas dû, elles sont magnifiques.

— Merci à vous pour votre invitation.

Je m'aperçus que Jack n'avait pas dit un mot. Il se tenait aussi immobile qu'une statue, les yeux écarquillés et fixés sur Gina.

— Jack. C'est la mère de Josie.

Il continua à la dévisager et je dus lui donner un coup de coude dans les côtes. Il sursauta et fit un pas en avant, tel un automate en transe.

— Bonjour, dit-il d'une voix méconnaissable.

Josie me lança un regard interrogateur, mais je n'avais pas la moindre idée de ce qui lui arrivait.

— On aurait pu me prévenir, quand même, murmura Jack.

Mais le prévenir de quoi ?

CHAPITRE 15

Josie

J'ignorais quelle mouche avait piqué Jack, mais il n'était pas lui-même. Il n'arrêtait pas de fixer ma mère et il avait à peine touché à son assiette, ce qui ne lui ressemblait pas. Palmer était assis à côté de moi et nous ne cessions d'échanger des regards incrédules.

— C'était délicieux, complimenta Palmer après avoir englouti la dernière bouchée de tourte à la viande et à la Guinness.

C'était une spécialité de ma mère et une tradition familiale.

— Tu t'es surpassée, Maman. C'était encore meilleur que d'habitude.

Mon compliment était sincère. À croire qu'elle avait senti l'importance que j'accordais à cette soirée. De mon côté, j'avais préparé une omelette norvégienne pour le dessert, pour faire plaisir à Palmer.

— Je suis ravie que cela vous ait plu, Palmer. Jack, vous n'avez presque rien mangé. Est-ce que vous souhaitez que je vous prépare autre chose ?

Pétrifié, Jack secoua la tête. Décidément, son état ne s'améliorait pas. Il n'avait pas prononcé plus de trois mots depuis qu'il avait passé la porte.

— Vous êtes sûr ?

Ma mère se leva de sa chaise pour sortir de table. Aussitôt, Jack bondit sur ses pieds et se précipita vers elle pour reculer son siège.

— Merci, Jack, dit-elle en lui offrant un sourire gracieux.

Discrètement, elle me lança un regard en coin interrogateur. Mais je ne savais pas quoi lui dire…

Alors que je pensais que la soirée ne pouvait pas prendre une tournure plus étrange, Jack me donna tort. Debout derrière ma mère, il se pencha soudain vers elle et renifla son cou.

— Jack ! cria Palmer. On peut savoir ce que tu fabriques ?

Ma mère pivota sur elle-même pour lui faire face, les sourcils froncés.

— Oui, que faites-vous ?

Jack la couva d'un regard implorant.

— Pardonnez-moi. Je suis vraiment désolé. Je voulais juste vérifier que vous aviez une odeur humaine. Je n'arrive pas à croire que vous soyez réelle.

— Réelle ? Jack, mon vieux, qu'est-ce qui t'arrive, enfin ? demanda Palmer plus gentiment.

Le visage de Jack vira au cramoisi.

— Ta mère ressemble à un ange.

Ma mère rougit à son tour.

— Je peux vous assurer que je n'en suis pas un.

Elle s'empara de son assiette pour l'apporter en cuisine, mais Jack ne la laissa pas faire. Il la lui prit des mains, attrapa sa propre assiette, et suivit ma mère à la cuisine comme un petit chien perdu.

Palmer et moi, restés seuls à table, étions estomaqués.

— Qu'est-ce que c'est que ce délire ?

— Je n'en sais rien, répondit-il. C'est dingue. Je ne l'ai jamais vu comme ça, tu peux me croire. Et pourtant, je le connais depuis des années.

— Je n'y comprends rien. On dirait qu'il est complètement dans le brouillard.

Quelques instants plus tard, Jack revint dans la salle à manger. Il s'arrêta sur le seuil, nous regarda Palmer et moi, et porta sa main à son cœur comme s'il était sur le point de défaillir.

— Je suis amoureux, déclara-t-il solennellement.

— Enfin, Jack, tu ne la connais même pas ! tentai-je de le raisonner.

Mais il ne m'écoutait pas. Ses yeux étaient vitreux, son regard perdu dans le vague. Quant à ma mère, je voyais bien que la présence de Jack la troublait, mais sans doute pas pour les raisons qu'il espérait.

Il s'assit en face de nous, croisa les bras sur la table et se pencha en avant.

— À la minute où j'ai posé les yeux sur ta mère, j'ai senti ce déclic dans mes tripes, murmura-t-il. Comme si je venais d'attraper la grippe, mais en pire.

Le romantisme de cette analogie laissait sérieusement à désirer. Je connaissais peu de femmes qui auraient apprécié d'être comparées à une épidémie.

— Je vous assure, c'est comme si j'avais pris un coup de massue sur la tête.

Après les maladies, les outils. Tout en finesse.

— Je comprends mieux pourquoi tu semblais… distrait, dit Palmer.

— Je ne te le fais pas dire. Ma langue était comme paralysée, je n'arrivais pas à dire un mot. Tout ce que je pouvais faire, c'était la fixer. Je n'ai même pas pu manger ! Je n'arrive toujours pas à croire que Gina n'est pas une créature céleste, mais bel et bien un être humain.

— Et tu estimes que ça justifie de lui avoir reniflé le cou comme un petit chien ? le réprimanda Palmer.

Jack eut au moins la décence de paraître gêné.

— Sans doute pas… Mais Gina m'a pardonné, comme l'ange qu'elle est.

— Si je peux te donner un conseil, j'éviterais de recommencer.

Ma mère faisait bonne figure, mais sa patience avait des limites. Elle ne supporterait pas très longtemps encore ce genre d'attitude.

Jack se pencha un peu plus, et baissa davantage la voix, comme s'il s'apprêtait à nous confier un secret d'État.

— Josie, il faut que je sache. Et je te demande d'être honnête.

Palmer et moi échangeâmes un énième regard ahuri. *Qu'il sache quoi ?*

— Est-ce que j'ai une chance avec ta mère ?

Son regard me suppliait de lui donner de l'espoir.

— Je…

Ne sachant pas quoi lui répondre, j'implorai Palmer du regard. Après tout, il le connaissait bien mieux que moi.

— Jack, est-ce que tu peux nous accorder une minute ? Il faut que je parle à Josie.

Jack nous dévisagea tour à tour avant de hocher la tête. Mais il ne bougea pas de sa chaise.

— En privé, clarifia Palmer.

— En privé. Bien sûr.

Il se leva et partit dans le salon, où il se mit à faire les cent pas devant le sapin. Il me faisait penser à un père qui attend, angoissé, la venue au monde de son premier enfant.

— Qu'est-ce que je peux bien lui répondre ? Je ne veux pas lui faire de peine ni le décourager. Et en même temps, je pense que c'est important de lui faire comprendre que son attitude n'a sans doute pas joué en sa faveur auprès de ma mère. J'adore Jack, tu le sais bien, mais même si c'est quelqu'un de formidable, je ne parviens pas à imaginer ma mère avec quelqu'un comme lui. C'est une vraie citadine. Encore plus que moi…

— Peut-être que tu ferais mieux de parler à ta mère. Autant interroger directement l'intéressée.

— Bonne idée.

Comme ma mère préparait le café, seule dans la cuisine, et que j'étais censée l'aider, ça tombait bien.

— Vas-y. De mon côté, je vais voir ce que je peux faire pour le raisonner.

Chacun de nous quitta la table pour s'acquitter de sa mission. Je trouvai ma mère appuyée contre le plan de travail, si profondément perdue dans ses pensées qu'elle ne sembla même pas remarquer mon arrivée. Elle devait vraiment me cacher quelque chose… ou quelqu'un. Mes soupçons redoublèrent lorsque je lui posai des questions sur son week-end à Leavenworth. Ses réponses étaient vagues et elle ne tarda pas à changer de sujet, ce qui ne lui ressemblait pas. En temps normal, elle adorait me raconter ses aventures dans le détail lorsqu'elle revenait de voyage. Bref, elle était bizarre et je voulais tirer tout cela au clair, mais il fallait que je trouve l'occasion.

— On dirait bien que tu as un nouvel admirateur.

Ma mère releva la tête.

— Ah oui ?

Elle s'approcha de la cafetière. Le café était prêt. Elle avait déjà posé des tasses sur un plateau.

— Jack.

— Je ne doute pas de sa sincérité, mais si je puis me permettre et sans vouloir te vexer, ton ami est un peu étrange.

— Pour ce qui est de sa sincérité, tu n'as aucun doute à avoir, en effet. En revanche, pour ce qui est de son attitude, je t'avoue que Palmer et moi avons aussi du mal à suivre. Jack m'a demandé s'il avait une chance avec toi. Je ne sais pas quoi lui répondre.

En temps normal, j'arrivais toujours à savoir ce qu'elle pensait. Nous avions toujours été honnêtes l'une envers l'autre. Du moins jusqu'à maintenant.

— Il vit en Alaska, fit remarquer ma mère. Et pas seulement en Alaska, mais à *Ponder.* Tu m'as dit que c'était à quelle distance de la première miette de civilisation, déjà ?

— Quelques heures. C'est une jolie petite ville et, au bout d'un temps, tu ne remarques presque plus l'absence de certaines commodités.

Plus je restais loin de Ponder, plus la vie là-bas et sa simplicité me manquaient. Sans parler de Palmer.

— Sincèrement, Josie, c'est la première fois de ma vie que je vois cet homme et même si… Entendons-nous bien, il semble tout à fait charmant et je suis très flattée, mais honnêtement, est-ce que tu peux ne serait-ce qu'une minute m'imaginer habiter ailleurs qu'à Seattle ? Jack et moi vivons dans deux mondes différents, c'est évident.

Je ne pouvais pas la contredire.

— Ne t'en fais pas, Palmer est en train de lui parler pour essayer de le préparer en douceur.

— Tant mieux. Il semble si adorable, je ne veux pas lui faire de peine.

Je ne savais pas si « adorable » était le mot que j'aurais employé. Mieux valait passer sous silence les métaphores hasardeuses que Jack avait employées pour la qualifier.

— Laisse-moi t'aider, proposai-je en m'approchant de la cafetière.

Sachant comment Palmer et Jack aimaient leur café, je préparai leur tasse. J'étais sur le point de suggérer de servir le dessert, mais j'ignorais si quelqu'un avait encore faim. Et vu l'état d'esprit de Jack, il valait peut-être mieux mettre un terme à la soirée.

J'étais assez déçue de la tournure qu'avait prise le dîner. Sans parler du fait que Palmer et moi n'avions pas eu une seconde à nous.

Nous retournâmes au salon, où Jack et Palmer nous attendaient. En nous entendant, Jack releva les yeux. Lorsqu'il vit ma mère, il laissa échapper un petit gémissement, comme s'il avait mal quelque part.

— Tenez, votre café, dit ma mère en posant sa tasse sur la table basse. Qu'est-ce que vous diriez d'écouter quelques chants de Noël ?

Jack acquiesça de la tête. Une fois de plus, il semblait avoir perdu l'usage de la parole.

Ma mère attrapa la télécommande et lança un morceau.

Palmer saisit le mug que je lui tendais et je m'installai dans le fauteuil près du sapin de Noël. Ma mère s'assit à côté de Jack et commença à boire son café à petites gorgées. Elle jouait avec le feu. Alors que je l'observais attentivement, je remarquai des changements chez elle. Pourtant pas du genre timide, elle semblait sur la réserve, comme ne sachant pas trop comment se comporter en présence d'un homme clairement sous son charme.

Jack ne toucha pas sa tasse. Il avait de nouveau cette tête de cerf pris dans la lumière des phares d'une voiture. J'agitai la main dans sa direction. Pas de réaction.

Palmer n'avait pas l'air plus inspiré que moi pour trouver une solution et le faire sortir de sa torpeur.

— J'ai dit à ma mère à quel point j'adorais Ponder, commençai-je dans une tentative désespérée de briser la glace.

— Oui, et comme j'expliquais à ma fille, je ne me verrais vraiment pas vivre dans un lieu si isolé. Je n'imagine pas Josie habiter là-bas non plus, d'ailleurs.

Palmer se raidit. Il me regarda, comme s'il attendait clairement que je défende son lieu de vie. Je le rassurai d'un sourire.

— Mais comme je le disais à ma mère, on s'habitue à l'isolement. Notamment grâce une tranquillité et une beauté que je n'ai trouvées nulle part ailleurs. C'est une toute petite ville, c'est vrai, mais les amitiés que j'ai tissées là-bas sont de celles qui durent toute la vie. Les gens s'aident, ils comptent les uns sur les autres. Tu as raison, Maman, quand tu dis que Seattle ou n'importe quelle autre grande ville ont un tas de choses à offrir. Mais Ponder aussi a son charme et son caractère. Ça me manque bien plus que je ne l'aurais cru.

Une fois ma tirade terminée, Palmer semblait considérablement plus détendu.

— J'aime bien Seattle, moi, intervint Jack en regardant ma mère droit dans les yeux. J'imagine que vous ne savez pas s'il existe des opportunités d'emploi pour un guide de chasse et de pêche ?

— Je n'en ai pas la moindre idée, confirma ma mère.

— Je n'ai jamais rien fait d'autre, mais je sais aussi sculpter.

Décidément, c'était un homme plein de surprises.

— Vraiment ? Je n'étais pas au courant.

— Oui. J'ai fait un tas de figurines d'ours. Je pourrais monter un stand sur ce marché où tu m'as amené, Josie, et vendre des figurines… enfin, si j'avais une raison de vivre à Seattle, bien sûr.

— Je croyais que tu n'aimais pas la foule ? objecta Palmer.

— Il faut parfois être prêt à faire certains sacrifices pour la personne qui a capturé notre cœur, surtout si elle refuse de vivre en Alaska.

Voilà qui était bien dit. Je fis un petit signe de tête à Palmer pour montrer que j'approuvais, même si je ne m'attendais pas à le voir déménager.

Palmer s'approcha et s'assit en équilibre sur l'accoudoir de mon fauteuil.

— Je suis d'accord avec lui.

Je sentis les battements de mon cœur s'emballer.

— Vraiment ? murmurai-je.

— J'ai consulté des annonces immobilières pour des maisons à Fairbanks. J'en ai trouvé une à quinze ou vingt minutes de là en voiture. C'est assez près pour rejoindre rapidement le centre, et assez loin pour ne pas se sentir envahis.

Il attrapa ma main et entrelaça ses doigts avec les miens.

Je levai la tête vers lui et ne pus cacher ma surprise. Une vague de chaleur et d'amour me submergea. Si nous avions été seuls, je l'aurais embrassé.

— Êtes-vous déjà allée en Alaska ? demanda Jack à ma mère.

— Jamais, non, mais on m'a dit beaucoup de bien de la région et de ses beautés. Il paraît que les croisières sont formidables. Êtes-vous déjà parti en croisière, Jack ?

Palmer laissa échapper un petit rire, qui se transforma en quinte de toux lorsqu'il tenta de le retenir. De mon côté, je trouvais également risible d'imaginer Jack sur un bateau de croisière.

Ma mère se tourna vers Palmer, qui n'en finissait pas de s'étrangler.

— Palmer, est-ce que ça va ?

— Très bien, parvint-il à articuler, les yeux pleins de larmes.

— Gina, lança soudain Jack. J'ai une question à vous poser, et je veux que vous me disiez la vérité.

Je ne l'avais jamais vu aussi sérieux. Je redoutais la direction que prenait la conversation. Palmer devait partager mon inquiétude, car il serra ma main plus fort.

— Il faut que je sache, Gina : y a-t-il quelqu'un dans votre vie ?

Surprise, ma mère déglutit bruyamment. De toute évidence, la question la mettait mal à l'aise. Elle cligna des yeux plusieurs fois et me lança un regard coupable qui confirma mes soupçons. Il y avait quelqu'un dans sa vie. Quelqu'un d'important. L'expression sur son visage parlait pour elle.

Face à son silence, je décidai d'intervenir.

— Maman ? Est-ce que tu as rencontré quelqu'un ? Tu peux me le dire, tu sais.

— Est-ce que c'est moi ? demanda Jack d'un ton où perçait l'espoir.

— J'ai un ami, admit-elle à contrecœur en évitant mon regard. Enfin, c'est un peu plus qu'un ami.

— C'est formidable, Maman.

— Craig et moi nous fréquentons depuis plusieurs mois, maintenant.

— Craig ? répéta Jack sur un ton un peu trop aigu.

— Est-ce que je le connais ?

J'avais beau fouiller dans ma mémoire, je ne me rappelais pas avoir rencontré quelqu'un répondant à ce prénom.

— Non. C'est avec lui que je suis allée à Leavenworth, confessa ma mère. J'imagine le choc que ça doit être pour toi. Je voulais t'en parler, je t'assure. Je ne sais pas pourquoi je ne l'ai pas fait... Je crois que je craignais que tu ne voies pas ça d'un bon œil.

— Jamais je ne réagirais comme ça, voyons.

— Craig est très différent des hommes que j'ai connus. Tomber amoureuse me fait peur. Je pense que c'est aussi pour ça que je ne t'ai rien dit : j'avais peur de t'en parler et que tout se casse la figure juste après.

— Craig, gémit Jack en cachant son visage dans ses mains.

— Est-ce que l'on peut discuter de ça plus tard, ma chérie ? implora ma mère.

C'est à ce moment précis que la sonnette de la porte retentit. L'étonnement se lut sur son visage.

— Tu attends quelqu'un ?

Elle se leva et traversa le salon d'un pas hésitant. Lorsqu'elle entrouvrit la porte, j'aperçus un homme grand et séduisant aux cheveux blancs sur le seuil. Une conversation animée s'engagea entre eux.

Seules quelques bribes de conversation me parvenaient.

— Ce n'est pas le moment, dit ma mère.

— Tu dis toujours ça, Gina. Si tu ne veux pas que je rencontre ta fille, je…

Finalement, ma mère finit par ouvrir la porte en grand et l'invita à entrer.

— Josie, j'aimerais te présenter mon… mon ami, le docteur Craig Hunt.

— Ton ami ? chuchota Craig à l'oreille de ma mère, perplexe.

Jack poussa un énième gémissement d'animal blessé et se laissa retomber contre le dossier du canapé.

— Est-ce que tout va bien ? Souhaitez-vous que je vous examine ? s'inquiéta Craig.

— Non, merci, mon ami va parfaitement bien, répondit Palmer à la place de Jack. Il a juste besoin de se remettre de ses émotions de la soirée.

Pendant ce temps, ma mère ne cessait de scruter mes réactions. Je me levai pour la serrer contre moi et tendis la main au docteur Hunt.

— Bonsoir. Je suis Josie, la fille de Gina. Vous n'imaginez pas à quel point je suis enchantée de faire votre connaissance… enfin.

Il me sourit et, sans nous concerter, nous nous serrâmes dans les bras l'un de l'autre. J'étais heureuse pour ma mère. Et j'espérais qu'elle le serait pour moi lorsque je lui expliquerais que j'avais décidé de changer mes plans.

CHAPITRE 16

Palmer

Notre dîner chez Josie et sa mère ne s'était pas passé comme je l'avais prévu ni espéré. Non seulement Jack avait tout gâché avec son attitude, mais l'arrivée inattendue de « l'ami » de Gina n'avait pas vraiment contribué à détendre l'atmosphère.

Je détestais l'idée de voir la soirée tourner court, mais il fallait que je sorte Jack de cette maison avant qu'il se ridiculise encore plus. Malheureusement, cela supposait de devoir tirer un trait sur le dessert que Josie avait préparé pour nous. Je me consolai en constatant qu'elle n'avait pas envie de me voir partir.

Jack était dans tous ses états, aveuglé par la souffrance de la perte de l'amour de sa vie, selon ses propres mots.

Une fois arrivés à l'hôtel, j'eus toutes les peines du monde à le raisonner. Il était déterminé à conquérir le cœur de Gina, alors que, selon toute vraisemblance, elle l'avait déjà donné à un autre. Je finis par lui faire accepter la situation, mais il avait ensuite passé des heures à se plaindre de sa perte. Je finis par retourner dans ma chambre, pour échapper à ses lamentations. Depuis, il refusait catégoriquement de quitter sa chambre.

Avant de rentrer à l'hôtel, Josie et moi étions convenus de nous retrouver le lendemain pour parler de notre couple. Il était temps. Je l'aimais, mais j'avais ma dose de grande ville pour les deux ans à venir. Malgré ce que je lui avais dit, je n'étais pas certain de vouloir rester jusqu'à Noël. Josie semblait résolue à trouver un nouveau travail en ville, ce qui signifiait qu'elle n'était pas prête à s'engager auprès de moi. J'avais mentionné Fairbanks comme un compromis. Mais en fonction de notre conversation, je risquais de changer une nouvelle fois mon billet. La tranquillité de Ponder ne m'avait jamais autant manqué. Il y avait beaucoup trop de monde et de mélodrame à mon goût à Seattle.

Josie avait suggéré que nous nous retrouvions dans un restaurant près de l'hôtel. Me voilà installé à une table, à passer en revue tout ce que je désirais lui dire. J'étais arrivé tôt pour nous obtenir un box, afin d'avoir un peu d'intimité.

À l'instant où elle entra dans le restaurant, je sentis mon cœur se serrer dans ma poitrine. Elle me manquait. Je voulais tellement qu'elle fasse partie de ma vie… Mais après tout ce qui s'était passé ces jours-ci, je commençais à douter.

L'hôtesse accompagna Josie jusqu'au box. Elle se glissa sur le banc en face de moi, retira son manteau et ses gants, puis m'adressa un tel sourire que je me sentis aussitôt mieux.

— Comment est-ce que ça s'est terminé hier soir ?

Elle poussa un petit soupir.

— Bien. Ma mère et moi avons enfin pu discuter. Elle semble folle amoureuse de Craig et, pendant le court laps de temps que nous avons passé tous les trois, j'ai eu le sentiment qu'il éprouvait la même chose pour elle. Je ne sais pas pourquoi elle était si mal à l'aise à l'idée de m'en parler. Il est veuf, et ma mère et lui ont un tas de choses en commun. Je suis vraiment contente pour elle.

— Tu l'aimes bien, alors ?

— Beaucoup. Il s'est excusé d'être venu sans avoir été invité. Il ignorait que ma mère vous avait conviés pour le dîner, Jack et toi. Il voulait me rencontrer et il était terriblement frustré que ma mère me cache son existence. À tel point qu'apparemment, ça avait commencé à créer des tensions entre eux. Ma mère avait promis de nous présenter à mon retour de Ponder, mais depuis, elle continuait à trouver des prétextes pour reporter la rencontre. Alors il a fini par prendre les choses en main. Après votre départ, il s'est excusé de s'être imposé de la sorte. Simplement, ma mère avait mentionné le fait que j'avais démissionné du restaurant et il a supposé, à raison, que je serais à la maison. Ce qu'il n'avait pas prévu, c'était qu'il débarquerait en plein milieu de notre dîner.

— J'imagine que le comportement de Jack ne l'a pas aidé à se sentir à l'aise.

— C'est sûr. Je n'en reviens pas qu'il se soit mis dans un état pareil. Comment va-t-il aujourd'hui ?

— Il est enfermé dans sa chambre. Hier soir, il a déclaré que ta mère était l'amour de sa vie et qu'il passerait le restant de ses jours à porter le deuil de leur histoire avortée.

— Le pauvre…

— Ne t'inquiète pas, il a appelé le room service pour se faire monter le petit déjeuner. Et il a commandé tellement de choses qu'il a fallu deux employés pour tout apporter. C'est qu'il ne va pas si mal.

Une serveuse s'approcha de notre table pour nous donner le menu. Josie et moi n'avions pas grand appétit, une salade suffirait.

— Enfin, j'en ris, mais je suppose que je devrais me montrer plus compatissant à son égard.

— J'ai de la peine pour lui.

— Moi aussi, mais il s'en remettra. Je lui ai expliqué que l'attirance folle qu'il avait ressentie pour ta mère était le signe qu'il était prêt à accueillir une femme dans sa vie. Je l'ai encouragé à aller sur un de ces sites de rencontres sur Internet.

L'expression de Josie s'assombrit.

— Est-ce que tu es déjà allé sur un de ces sites ?

Je manquai éclater de rire, mais elle semblait si sérieuse que je me retins.

— Moi, sur un site de rencontres ? Non. Et toi ?

— Non plus. Au fait, Anton m'a contactée.

Cela ne m'étonnait pas. Mais même si je m'y attendais, la nouvelle m'irrita au plus haut point. À tous les coups, il s'était rendu compte qu'il avait besoin d'elle et il voulait qu'elle revienne. Quels arguments avait-il bien pu utiliser pour la convaincre ?

— Est-ce qu'il t'a offert une augmentation ?

— Plutôt le contraire. Il m'a assuré que jamais je ne retrouverais un travail dans cette ville.

Quelle surprise ! Décidément, il était encore plus idiot que ce que je croyais. N'importe quel restaurant aurait une chance inouïe de compter Josie dans sa brigade.

— Il compte te faire une réputation ?

— Il peut toujours essayer, mais je doute que ça fonctionne. De toute façon, j'ai bien réfléchi à toute cette histoire. Les horaires sont inhumains. Entre les journées interminables, l'impossibilité de créer mes propres plats et mon expérience horrible avec Anton, je suis vraiment en train de revoir ma copie.

— Mais tu as envoyé ta candidature à d'autres restaurants.

C'était, de loin, la nouvelle la plus décourageante de ma visite.

— C'est vrai, mais par pure obligation.

— Comment ça ?

— Ma mère et moi avons travaillé dur pour payer ma formation, et j'ai eu le sentiment que je devais retenter ma chance.

Elle hésita avant d'ajouter :

— Sauf que j'ai pris conscience qu'au bout du compte, ce n'était pas ce que je voulais. Ce qui m'intéresse, ce n'est pas de diriger une équipe dans une cuisine ou d'exécuter les recettes élaborées par d'autres cuisiniers. Ce que je veux, c'est me servir de mon talent.

Je retrouvai ma bonne humeur. Voilà exactement ce que j'espérais entendre avant d'aborder ce qui me tenait à cœur. Je gardai le silence quelques instants, puis je me lançai :

— Est-ce que tu penses que tu aimerais travailler de nouveau à l'hôtel la saison prochaine ?

— Je ne sais pas si c'est suffisant, Palmer.

Un silence se fit pendant lequel le serveur nous apporta nos salades. Mais aucun de nous deux n'attaqua son repas.

— Tu es en train de me dire que tu n'as pas l'intention de retourner à Ponder ?

Cela ne servait à rien de tourner autour du pot. Autant mettre les pieds dans le plat. Si mon cœur et moi allions droit dans le mur, je préférais le savoir tout de suite.

— Tu m'as entendu défendre Ponder hier soir, fit remarquer Josie.

— Oui, mais tu n'as pas dit que tu voulais y vivre.

Josie baissa les yeux et lissa la serviette sur ses genoux.

— Je serais ravie de retourner à Ponder si j'avais une bonne raison de le faire.

Elle releva la tête. La lueur dans son regard parlait pour elle. Et j'y lus ce que j'avais besoin d'entendre : elle m'aimait. Mon cœur se mit à cogner si fort dans ma poitrine que les battements dans mes tempes devinrent assourdissants.

Je tendis le bras pour attraper sa main.

— Je t'aime, Josie. Et je sais que j'ai vraiment tout gâché la première fois que je t'ai demandé de m'épouser. Tu mérites les plus belles déclarations et les mots les plus romantiques, et je voudrais vraiment te les offrir. Mais ce n'est pas moi. Je suis juste un type qui n'arrive pas à imaginer sa vie sans toi. Quand tu es arrivée à Ponder, j'ai eu le sentiment d'avoir trouvé la seule personne au monde capable de me compléter. Les moments que je passais avec toi illuminaient mes journées et je les attendais toujours avec impatience. Avant, rien d'autre que mon travail ne m'intéressait. Mais ensuite, je t'ai rencontrée et, désormais, tu es tout pour moi. Ton bonheur compte plus que tout à mes yeux. *Tu* comptes plus que tout à mes yeux.

— Toi aussi, tu comptes pour moi.

— J'espérais qu'en étant ici, je te manquerais et que tu reviendrais sur ta décision.

— Au moment où tu m'as demandé de t'épouser et de vivre à Ponder, c'était trop compliqué. J'avais besoin de temps. J'avais besoin de tenter ma chance, d'essayer de réaliser mon rêve pour découvrir si la réalité était à la hauteur de mes attentes. Mais elle ne l'est pas. Rien n'est comme je l'avais imaginé. Venir ici m'a permis de me rendre compte de ça, et de me rendre compte à quel point je t'aime. Mais au même moment, les choses ont changé entre nous, sans que je comprenne pourquoi. J'ai commencé à avoir le sentiment que tu n'avais plus de temps à me consacrer et je ne savais pas quoi penser.

Puisque Josie jouait cartes sur table, je lui devais la vérité.

— J'ai perdu espoir. J'ai pensé qu'il valait mieux faire face et accepter le fait que j'étais en train de te perdre. Anton avait gagné la bataille et la meilleure chose à faire pour moi était de faire machine arrière pour limiter la casse.

— Tout ça à cause de cette photo ridicule sur Facebook ? Pourquoi est-ce que tu ne m'en as pas parlé ? Je t'aurais tout expliqué. La photo a été prise lors de mon premier jour au restaurant. Je n'avais pas la moindre idée de là où je mettais les pieds à ce moment-là, tu peux me croire.

— Je sais, j'aurais dû te poser la question, mais j'avais l'impression que je n'en avais pas le droit. Pas après avoir insisté sur le fait que je ne voulais entendre parler d'Anton sous aucun prétexte. Et je ne voulais pas non plus que tu penses que je t'espionnais.

Elle rit.

— Palmer, aller sur mon profil Facebook ne fait pas de toi un espion.

Je ne savais pas trop quoi ajouter. Alors je décidai de me déclarer une dernière fois. Ainsi je n'aurais aucun regret.

— Tu sais que je t'aime, Josie. Si je connaissais des poèmes, je t'en réciterais. Si je savais jouer de la guitare, je te chanterais la sérénade. Malheureusement, je ne sais faire ni l'un ni l'autre. Tout ce que je peux faire, c'est te dire que mon cœur est à toi. Si tu en veux.

Je tremblais comme une feuille, mais encouragé par son sourire, je continuai :

— Je veux faire ma vie avec toi. Je veux que tu deviennes ma femme. Et si tu souhaites aller encore plus loin, alors j'aimerais fonder une famille avec toi.

J'attendis qu'elle réponde, mais elle se contenta de tamponner ses yeux avec sa serviette de table. J'inspirai profondément.

— Alors… qu'est-ce que tu en penses ?

Josie opina.

— Est-ce que c'est un oui ?

— Oui, Palmer. C'est un grand oui. Qu'est-ce que tu croyais que j'allais répondre ?

Incapable de tenir en place plus longtemps, je bondis sur mes pieds et je m'agenouillai à côté d'elle. Elle prit mon visage entre ses paumes tièdes et se pencha sur moi pour m'embrasser. Un grand silence s'abattit sur le restaurant, mais cela m'était égal. J'avais le plus beau, le plus parfait des cadeaux de Noël. J'avais Josie.

Après plusieurs baisers, Josie balaya la salle d'un regard circulaire et rougit légèrement.

— Tu ferais mieux de te relever. Tout le monde nous regarde.

J'embrassai le dos de sa main et retournai m'asseoir, surexcité et radieux. Nous nous tenions la main par-dessus la table. Nous avions oublié jusqu'à l'existence de nos assiettes.

— On vivrait à Ponder, pas vrai ? demanda Josie.

— Pendant la haute saison, oui. Le reste de l'année, c'est négociable. La maison dont je t'ai parlé à Fairbanks est prometteuse. Mais on vivra là où tu te sens le plus à l'aise, surtout une fois que nous aurons une famille.

— J'ai vraiment envie d'avoir des enfants, murmura Josie.

— Moi aussi.

Je portai sa main à ma bouche pour l'embrasser.

— Je sais à quel point ton métier te tient à cœur. On trouvera un moyen d'utiliser ton talent et ton diplôme, Josie, je te le promets. Ponder n'est pas la fin du monde : même au milieu de nulle part, les gens ont besoin de manger.

— Merci de me soutenir. Je trouverai une solution, j'en suis certaine. D'ailleurs, j'ai déjà quelques idées. Et au-delà de ça, tout ce que je veux, c'est t'épouser, partager ta vie, te faire partager la mienne. C'est tout ce dont j'ai besoin.

Enfin, mon rythme cardiaque revint à la normale.

— Est-ce que je m'en suis mieux sorti cette fois ?

— Beaucoup mieux. Mais si tu tiens à me redire à quel point tu admires mes dents bien blanches et bien droites, ça ne me dérange pas.

— Je tiens Jack pour intégralement responsable de ce fiasco.

— Crois-moi, la demande que tu viens de me faire est celle que toute femme attend de l'homme qu'elle aime.

— Merci. J'ai fait de mon mieux.

En passant près de notre table, la serveuse constata que nous n'avions pas touché à nos salades.

— Cela ne vous plaît pas ? demanda-t-elle. Est-ce que vous souhaitez que je vous apporte autre chose ?

— Non merci, tout va bien, répondis-je. Quoique… À la réflexion, nous aimerions une bouteille de champagne, s'il vous plaît.

— Vous fêtez une occasion spéciale ?

— Nous allons nous marier.

Le visage de la serveuse s'illumina.

— C'est merveilleux ! Félicitations ! Une demande de mariage juste avant Noël… impossible de faire plus romantique.

ÉPILOGUE

Josie

Trois ans plus tard

Je notai le nom d'un autre ingrédient, puis je continuai à remuer la soupe de courge au gingembre qui mijotait sur la gazinière.

— Est-ce que c'est prêt ? demanda Jack.

Assis au comptoir de la cuisine, il fixait la casserole, impatient, sa cuillère à la main. Il était armé et prêt à passer à l'attaque.

— Attends encore un petit peu. Je veux que le gingembre se mélange bien avant de te faire goûter.

Jack était toujours le premier à tester mes nouvelles créations. Mon blog, qui présentait des recettes à base d'ingrédients locaux d'Alaska, avait décollé, et comptait plus de 250 000 *followers*. Sa popularité avait attiré l'attention de plusieurs annonceurs, qui souhaitaient voir le nom de leur marque apparaître sur mon site.

Lorsque Palmer et moi nous étions mariés, j'avais passé beaucoup de temps à me demander comment mettre à profit mon diplôme dans ce coin reculé de l'Alaska. C'était Angie qui m'avait encouragée à commencer un blog culinaire.

Pour mon premier article, j'avais partagé ma recette de Stroganoff à l'élan, dans un post parsemé d'anecdotes sur Jack le guide de chasse et son amour pour la nourriture. J'avais posté l'article sur Internet sans grandes ambitions. C'était sans compter sur Angie : elle l'avait partagé avec ses abonnés, qui l'avaient repartagé à leur tour. Et le résultat avait dépassé mes espérances. Les réponses avaient afflué, de même que les requêtes pour d'autres recettes. Depuis, mon public était toujours plus nombreux. C'était magique.

J'avais appelé mon blog *Saveurs d'Alaska* : des plats délicieux offerts par la nature. Jamais je n'aurais imaginé gagner de l'argent en écrivant sur un sujet que j'aimais. Quelle n'avait donc pas été ma surprise quand une chaîne de télévision consacrée à la cuisine m'avait contactée pour me proposer un programme. On me proposait de présenter mes recettes à base de gibier, de poisson et baies d'Alaska, tout en racontant des histoires sur la nature environnante et le mode de vie dans ce village isolé.

— Et maintenant ? Est-ce que c'est prêt ?

— Encore trois minutes. Sois patient, la soupe n'en sera que meilleure. Rappelle-toi : tout vient à point à qui sait attendre.

— Mais j'ai faim !

— Tu as toujours faim.

Il me sourit tel un petit garçon, des étincelles plein les yeux.

— C'est vrai, et tu devrais t'estimer heureuse. Sans mon amour pour tes petits plats, où est-ce que tu en serais aujourd'hui ?

— C'est vrai.

Jack m'avait encouragée et soutenue à chaque étape.

Pour le reste, la vie ici suivait son cours. Un cours des plus agréables. Jaden, la petite fille d'Angie et Steve, avait trois ans désormais, et deux grands frères qui la surveillaient et la protégeaient. La carrière d'écrivain de mon amie était toujours aussi florissante. Nous étions devenues très proches : elle lisait et éditait chacun de mes articles, et j'étais sa première bêta lectrice.

Alors que j'étais sur le point de servir un bol de soupe à Jack, Donna arriva. Elle avait pris l'avion depuis Fairbanks la veille, pour venir passer les vacances de Pâques ici. Jack l'avait rencontrée trois ans plus tôt, dans l'avion qui le ramenait en Alaska après son passage à Seattle. Donna était veuve et institutrice à Fairbanks, et elle occupait le siège voisin de celui de Jack pendant le vol entre Seattle et Fairbanks. Jack était au fond du trou à ce moment-là, convaincu qu'il ne se remettrait jamais de la perte du grand amour de sa vie. Donna l'avait gentiment écouté tandis qu'il se lamentait sur son cœur brisé. Elle l'avait encouragé à aller de l'avant. Et ils avaient fini par échanger leurs coordonnées.

Jack n'avait pas tardé à sauter sur la moindre occasion de se rendre à Fairbanks et, six mois plus tard, Donna et lui s'étaient mariés. Donna continuait à enseigner à l'école, mais elle passait toutes les vacances scolaires et tous les étés à Ponder avec

Jack. Cette dynamique leur convenait parfaitement et j'étais enchantée de voir Jack aussi heureux.

— Je me doutais bien que je te trouverais ici, dit Donna à Jack en entrant dans la cuisine.

— Josie a fait de la soupe.

Il tourna la tête pour que Donna puisse l'embrasser. Sa barbe était bien taillée désormais, signe de l'influence de sa femme.

— Est-ce que tu veux goûter ? proposai-je à Donna. C'est de la soupe de courge, avec celles que j'ai fait pousser pendant l'été.

Beaucoup de gens ignoraient que grâce aux nombreuses heures d'ensoleillement pendant l'été en Alaska, les jardins étaient de véritables cornes d'abondance qui donnaient naissance à des fruits et légumes aussi délicieux que démesurés. C'était une vraie mine d'or. Deux de mes articles les plus populaires comportaient des photos de mon jardin, avec des courges et d'autres légumes aux dimensions incroyables.

— Ça fait un moment que je joue avec cette recette et, récemment, j'ai décidé d'ajouter…

— Du gingembre, compléta Donna à ma place. J'ai reconnu l'odeur dès que j'ai passé la porte.

— Je te sers ? Il y en a pour un régiment.

Donna prit un tabouret et s'assit au comptoir près de Jack.

Je remplis deux bols, puis je pris un papier et un stylo pour noter leurs commentaires. Il y avait encore quelques ajustements à faire. Jack ne suggérait presque jamais rien : comme il était constamment affamé, il se contentait de dévorer. Cela ne faisait pas de lui le critique le plus constructif qui fût, mais je tenais quand même toujours à connaître son opinion. Heureusement, Donna était plus clairvoyante et ses observations étaient toujours particulièrement utiles.

Une fois leur soupe finie, ils prirent le chemin de l'hôtel. Depuis qu'ils étaient mariés, Donna était devenue amie avec les Brewster. Elle avait suggéré l'ajout de cours et d'activités pour enfants pour compléter les services de l'hôtel. Jerry et Marianne avaient adoré l'idée. Plusieurs étudiants en faculté s'étaient portés candidats et Donna était responsable du programme chaque été.

En plus de mon blog, je travaillais aussi à l'hôtel en tant que chef au restaurant. Cela m'avait procuré une liberté et une joie auxquelles je ne m'attendais pas : je pouvais créer mes menus et me faire plaisir, tout en faisant plaisir aux gens du coin et aux touristes qui venaient manger à l'hôtel, sans la pression que j'avais endurée à Seattle. Mes plats avaient même attiré l'attention de plusieurs critiques gastronomiques, qui écrivaient non seulement sur l'hôtel et la nourriture, mais aussi sur le charme de Ponder. Les Brewster affichaient déjà complet pour les deux étés à venir et en train de faire construire des petits chalets pour permettre à leur activité de se développer.

Les Brewster n'étaient pas les seuls à grandir et à prospérer. Palmer aussi était en pleine ascension. La fameuse réplique d'épée de la guerre de Sécession fabriquée trois ans plus tôt avait suscité l'intérêt de plusieurs collectionneurs. Depuis, les commandes se succédaient. Récemment, Palmer avait été interviewé par un magazine et il avait même participé à un concours télé, à l'issue duquel il avait remporté un prix de dix mille dollars. Nous avions utilisé cet argent pour faire des travaux dans la maison, en prévision du moment où notre famille s'agrandirait.

Ma mère se portait comme un charme et nageait dans le bonheur. Elle avait épousé Craig moins d'un mois après mon mariage avec Palmer. Il ne m'avait pas fallu longtemps pour apprécier, et même admirer, mon beau-père. Il était gentil, généreux, il avait la tête sur les épaules, et tout un tas d'autres qualités qui faisaient de lui un excellent mari. Il était en préretraite, ce qui leur permettait de voyager. L'hiver dernier, ils avaient effectué une croisière dans le sud du Pacifique : ils étaient partis de Hawaï pour finir en Australie. Ils étaient récemment revenus de leur deuxième croisière hivernale, qui les avait emmenés en Amérique du Sud, cette fois. Ma mère, en fervente adepte du tricot, avait dû acheter des tonnes de laine au Pérou.

Peu après midi, Palmer arriva dans la cuisine, le visage encore rouge sous l'effet de la chaleur qui régnait dans son atelier.

— Est-ce que j'arrive trop tôt pour le déjeuner ?

— Non, répondis-je d'un air hésitant.

— Qu'est-ce qui se passe ? Tu as fait brûler la soupe ?

— Non…

— Ça sent délicieusement bon. Qu'est-ce que c'est ?

Il s'approcha de la casserole et inspira profondément en fermant les yeux.

— Du gingembre.

— Oui, je reconnais maintenant.

Il rouvrit les yeux et marqua un temps d'arrêt.

— Quelque chose ne va pas ? Je connais cette expression. Qu'est-ce que tu me caches ?

— Tu te souviens que j'ai demandé à Donna de m'emmener acheter un test de grossesse à Fairbanks ?

Palmer se figea.

— Je me souviens, oui, prononça-t-il à voix basse.

— J'en ai fait un ce matin.

— Et ?

— Et… on attend un enfant.

L'espace d'un instant, il garda le silence, ce qui me fit craindre qu'il ne soit pas content. Mais il ne tarda pas à pousser un cri à en faire trembler les murs. Il m'attrapa par la taille et me souleva dans les airs.

— Palmer ! Palmer, repose-moi !

Plus je protestais, plus il s'entêtait à me faire tournoyer. Il finit par s'asseoir sur le canapé et m'installer sur ses genoux. Il prit mon visage dans ses grandes mains puissantes de forgeron et approcha ses lèvres des miennes, puis m'embrassa avec une tendresse qui continuait de m'émouvoir, même après trois ans de mariage.

Mes bras autour de son cou, je lui rendis son baiser avant de nicher mon visage dans le creux de son épaule.

— Tu es content ?

— Ça ne se voit pas ? Désolé de n'avoir pas réagi tout de suite, j'étais surpris, c'est tout. C'est arrivé si vite… Je pensais que ces choses-là prenaient plus de temps.

Je comprenais ce qu'il ressentait. J'avais été surprise de tomber enceinte si rapidement, moi aussi. Cela ne faisait pas longtemps que j'avais arrêté de prendre la pilule.

— Je sais. Moi aussi.

— Chaque jour, je remercie le ciel que tu m'aies épousé, Josie. Chaque jour sans exception.

— Et moi, je remercie le ciel que tu aies été aussi persévérant.

J'étais incapable d'imaginer ce à quoi ma vie ressemblerait sans lui. Tout comme Angie à son époque, j'avais réalisé que ce que j'allais gagner ici compenserait sans doute largement les choses dont je devrais apprendre à me passer.

Et j'avais eu raison : la vie était belle. En fait, non. La vie était merveilleuse. J'étais follement heureuse. Mes vacances en Alaska s'étaient transformées en bien plus que cela. Elles m'avaient apporté tout ce dont j'avais toujours rêvé, et bien plus encore.

VOUS AVEZ AIMÉ CE LIVRE ?

Découvrez les autres titres de Debbie Macomber

Dans le paisible village de Wenatchee, des guirlandes lumineuses ont été suspendues aux toits, un épais tapis de neige couvre les pelouses et il flotte dans l'air une odeur de biscuits de Noël. Mais le charme des fêtes ne semble pas pouvoir apaiser le chagrin de Lindy Carmichael, qui vient de perdre, du même coup, celui qu'elle croyait être l'amour de sa vie et sa meilleure amie. Alors, quand sa mère lui conseille de renouer avec sa tradition d'enfance en envoyant une lettre au pôle Nord, Lindy est sceptique.

Pourtant, la dernière fois qu'elle a rédigé une lettre au Père Noël, elle avait huit ans et un beau-père est miraculeusement apparu dans sa vie et celle de sa mère. Alors peut-être que cette année aussi, ses vœux seront exaucés…

Après le décès tragique de son mari, Jo Marie décide de changer de vie et reprend une maison d'hôtes dans la petite ville de Cedar Cove : la Villa Rose.

Sa première cliente, Abby, a survécu à un accident de voiture, dans lequel sa meilleure amie a trouvé la mort. Elle n'a jamais eu le cœur à retourner dans la ville où elle est née, jusqu'à ce jour, dix ans après l'accident. Josh, le second client, doit prendre en charge son beau-père, un vieil homme à présent, avec qui il ne s'est jamais entendu.

Derrière les portes de la jolie maison d'hôtes, ces personnages inoubliables trouveront l'amour, le pardon et la possibilité d'un nouveau départ.

DEBBIE MACOMBER
SÉLECTION
PRIX
DES
LECTRICES
Un printemps à
la Villa Rose
ROMAN
La romancière préférée
des lectrices Charleston

DEBBIE MACOMBER
La mélodie
de l'été
ROMAN
L'auteur aux 200 millions
d'exemplaires vendus

DEBBIE MACOMBER
Le bon côté
de la vie
ROMAN
La romancière préférée
des lectrices Charleston

DEBBIE MACOMBER
De si beaux
lendemains
ROMAN
LA SAGA PHÉNOMÈNE
200 MILLIONS D'EXEMPLAIRES VENDUS

PEFC PEFC/14-38-00277

Cet ouvrage est composé de matériaux issus de forêts gérées durablement certifiées PEFC™.
Le Programme de reconnaissance des certifications forestières (PEFC™) est le plus grand organisme mondial indépendant de contrôle pour une gestion durable des forêts. Pour en savoir plus, consultez le site www.pefc-france.org

Achevé d'imprimer en juillet 2024
par Novoprint
Quatrième tirage
Dépôt légal : octobre 2022
Imprimé en Slovaquie